중1 시를 만나다

국어 교과서 문학 읽기 ❶

중1 시를 만나다

1판 1쇄 인쇄 2011년 6월 20일
1판 3쇄 발행 2013년 2월 20일

엮은이 김상욱 · 오윤주
펴낸이 김두레
펴낸곳 상상의힘

편집 박윤주
디자인 김보경
사진 이예린
만화 박성치

등록 제2010-000312호(2010년 10월 19일)
주소 (우)135-880 서울시 강남구 삼성동 157-3 LG트윈텔 2차 1705호
영업 전화 070-4129-4505 **팩스** 02-2051-1618
홈페이지 www.sang-sang.net

ⓒ 상상의힘, 2011

ISBN 978-89-965492-4-6 44810
ISBN 978-89-965492-0-8 (전6권)

중1 시를 만나다

김상욱 · 오윤주 엮음

사이사이의힘

일러두기

- 7차 개정 중학교 1학년 검정 교과서(23종 92책)『국어』, 『생활국어』에 수록된 시 중에서 73편을 가려 뽑고, 교과서에 없는 작품 3편을 더해 총 76편을 수록하였습니다.
- 수록된 시는 모두 초판본 또는 생전 마지막 판본에 수록된 시를 원본으로 삼아 원문 그대로 살려 실었습니다.
- 맞춤법과 띄어쓰기는 현행 표기법에 따르는 것을 원칙으로 하였으나, 시의 경우 작가가 선택한 비표준어는 최대한 원문대로 살려 놓았습니다.
- 작품 이해에 필요한 낱말은 시의 아래쪽에 풀이를 달았습니다.

책을 펴내며

　어제까지만 해도 어린이였고 초등학생이었는데, 이제 청소년이 되고 중학생이 되었네요. 축하합니다. 성장한다는 것은 여전히 고마운 일이랍니다. 그런데 성장이란 나이를 더 먹는 것만을 뜻하지는 않습니다. 마음이 더 풍성해지고 생각이 더 깊어지지 않으면, 겉만 성큼 자란 것일 뿐 제대로 된 성장이라고 할 수도 없습니다.

　무엇보다 생각과 느낌을 깊고 넓게 하려면 독서가 가장 중요한 일이 되어야 합니다. 물론 우리는 지금까지 책을 읽기는 했습니다. 하지만 이제 다른 책을 읽어야 합니다. 동화책이 아니라 소설을 읽어야 하고, 동시가 아니라 시를 읽어야 합니다. 만화나 삽화가 많은 보기 좋은 책이 아니라, 한층 더 치밀하게 생각을 펼쳐내는 책을 읽어야 합니다. 그러자면 새로운 종류의 책들에 익숙해져야 하겠지요. 그 첫 자리에는 시와 소설, 그리고 수필 등의 문학 작품이 있습니다. 문학은 인류가 이루어낸 문화적 유산 중 가장 알찬 것이기도 하기 때문입니다.

　이 책은 중학교 교과서에 바탕을 두고 만들었습니다. 초등학교와 달리 중학교 교과서는 1종류가 아닙니다. 중1은 23종이나 되고, 중2, 중3은 그보다는 적습니다. 그러니 학교에서 선택한 1종의 교과서보다는 읽을거리가 많이 늘어난 셈입니다. 교과서를 만든 사람들이 정성껏 고르고 고른 좋은 읽을거리가 여러 교과서에는 많이 펼쳐져 있습니다. 이 책은 그 가운데 좋은 문학작품들, 곧 학생들의 발달에 맞는 작품들을 중심으로 선택한 작품 선집입니다. 그리고 교육과정에 맞게 작품을 적절하게 배열하였고, 작품을 통해 무엇을 익혀야 할 것인지 역시 상세하게 해설해 두었습니다.

이 책을 통해 여러분은 중학교의 국어와 한결 가까워질 것입니다. 아니 국어뿐만이 아닙니다. 언어를 사용하는 모든 교과들을 한층 더 잘 이해하게 해 줄 것입니다. 틀림 없이 여러분들 성장의 밑거름이 되어 줄 것입니다. 자신만만해도 될 만큼 이 책들은 독자를 생각하며 정성을 기울여 만들었습니다. 아무쪼록 새로운 출발에 좋은 동무가 되기를 기대합니다.

2011년 6월
김상욱, 오윤주

차례

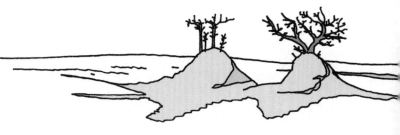

시는 마음

시를 어떻게 읽어야 할 지 잘 모르겠다고?

음······. 그건 말이지.

시를 너무 어렵게 생각하기 때문일 거야.

시는 누군가의 말랑말랑한 마음이란다.

그 마음을 가만히 느껴 봐.

가만 눈을 감고 시가 말해 주는 풍경을 그려 보는 거야.

시에서 풍기는 냄새를 맡아 보고, 시의 맛을 음미해 보렴.

이 시는 무슨 색이지? 어떤 냄새가 나니? 떫은 맛이니, 신 맛이니?

그러다 보면 시 속의 그 사람이 어떤 표정을 짓고 있는지 알게 될 거야.

그 표정이 어느새 너의 얼굴에 옮아와 있다고?

그렇다면 아주 멋지게 시를 읽어내고 있는 거야.

자, 시의 마음을 만나러 가 볼까?

엄마 걱정

기형도

열무 삼십 단을 이고
시장에 간 우리 엄마
안 오시네, 해는 시든 지 오래
나는 찬밥처럼 방에 담겨
아무리 천천히 숙제를 해도
엄마 안 오시네, 배추 잎 같은 발소리 타박타박
안 들리네, 어둡고 무서워
금 간 창 틈으로 고요히 빗소리
빈방에 혼자 엎드려 훌쩍거리던

아주 먼 옛날
지금도 내 눈시울을 뜨겁게 하는
그 시절, 내 유년의 윗목

유년 어린 나이나 때. 또는 어린 나이의 아이.

 '유년의 윗목'이란 게 무슨 말이죠?

 옛날 집에는 온돌방이 있었어. 부엌의 아궁이에 불을 때면 방 밑의 빈 공간에 연기가 흘러들어서 방바닥을 따끈하게 데워 주는 거지. 그런데 이런 온돌방에선 아궁이에서 가까운 방바닥은 등짝이 데일 정도로 뜨끈뜨끈하지만, 아궁이에서 먼 쪽은 온기 하나 없이 차디찼거든.

 아, 뜨끈뜨끈한 쪽을 아랫목이라고 하는 건 들어봤어요.
그럼 차가운 쪽은 윗목이라고 하는 건가요?

 그렇지!
그럼 유년의 윗목이란 말도 무슨 뜻인지 짐작이 가겠지?

 어린 시절의 차가운 기억?

 춥고, 서글프고, 외로웠던 순간을 말하는 거겠죠?

 그렇지, 그렇지!

일러두기

샘   민서   해솔

　사람들은 '행복했던 유년 시절'이라는 말을 즐겨 하지. '근심 걱정 없던 어린 시절로 돌아갈 수만 있다면 얼마나 좋을까.' 하고 말하는 사람도 많아. 하지만 생각해 보면 우리들의 어린 시절은 온갖 근심과 슬픔과 서러움들로 북적거리지 않았니? 엄마가 영영 오시지 않을 지도 모른다는 두려움으로 어린이집에 맡겨질 때마다 그악스레 울어댔던 기억도 있을 거야. 밤중에 엄마와 아빠가 싸우시는 소리를 듣고는 혼자 이불을 뒤집어쓰고 훌쩍훌쩍 울었던 기억도 있을 거고. 세상에 내 편은 아무도 없는 것 같고, 나 하나만 덩그러니 남겨진 것 같아. 그런저런 사정이 없을 때에도, 가령 집에 혼자 있는데 비라도 내리면, 어쩐지 구슬프고 마음이 꽉 막힌 것 같은 기분이 들어 우울해지던 순간도 있었을 거야.

　이 시의 말하는 이는 그런 유년의 추운 기억을 새삼 떠올려내는 중이야. 자, 어떤 상황인지 한 번 들여다볼까?

　엄마는 열무를 삼십 단이나 이고 시장에 가셨어. 나만 혼자 덜렁, 먹다 남은 찬밥처럼 방에 남겨졌지. 엄마는 절대 그런 마음이 아니겠지만, 엄마의 고단함을 나는 잘 알지만, 그래도 나는 왠지 버려진 기분이야.

　해는 시들시들, 엄마가 이고 간 열무가 지금쯤 그렇게 되었을 법하게, 생기를 잃어가고, 나도 역시 그렇게 시들시들. 엄마가 오실 때까지 숙제를 하며 시간을 견뎌보려고 하는데, 아무리 천천히 숙제를 해도 엄마는 안 오셔. 귀는 쫑긋, 바깥의 발소리를 향해 있지.

엄마의 발소리는 배추 잎 같아. 넓적한 배추 잎이 척척 바닥에 끌리며 감기는 모양새를 떠올려 보렴. 안쓰럽게도 늘 피로에 지친 모습으로 돌아오는 엄마는 터벅터벅, 배추 잎처럼 발을 끌며 돌아오시곤 해. 그런데 그 엄마의 발소리가, 아무리 기다려도 들리질 않아. 점점 사방이 어두워지고, 내 마음도 갈수록 따라서 어두워져 가.

창문엔 살짝 금이 가 있어. 남루하고 초라한 방. 그 창밖으로 설상가상 고요히 빗소리가 들려. 추적추적, 가을비쯤 되는 것일까? 나는 그만, 외로움과 기다림에 지쳐 훅, 머리를 처박고 울고 말아.

그리고 훌쩍, 나는 다시 어른이 된 나로 돌아오지. 지금도 생각해 보면 가슴이 울컥하는 그런 어린 시절. 나는 엄마를 원망하는 마음일까? 아니야. 무슨 소리. 엄마는 내가 가장 사랑하는 사람인걸. 그래서 시의 제목도 '엄마 미워'나 '엄마 원망'이 아니라 '엄마 걱정'인 것을 알 수 있어.

돌이켜보면 여전히 슬프고 추운 순간이었지만, 그런 순간들 역시 지금의 나를 만든 소중한 나의 역사이고, 애틋하고 쌉싸름한 그 순간들을 먹고 나는 어른이 된 거란다.

너희들에게도 그런 순간이 있었는지? 이 시를 읽으며 뭉게뭉게, '아, 그랬는데.' 하고 떠오르는 장면들이 있니? 그렇다면 그 순간들을 고요히 음미해 봐. 그것이 바로 이 시의 맛이란다.

햇빛·바람

윤동주

손가락에 침 발러
쏘옥, 쏙, 쏙,
장에 가는 엄마 내다보려
문풍지를
쏘옥, 쏙, 쏙,

아침 햇살이 반짝,

손가락에 침 발라
쏘옥, 쏙, 쏙,
장에 가신 엄마 돌아오나
문풍지를
쏘옥, 쏙, 쏙,

저녁에 바람이 솔솔.

 생각의 마중물

기형도의 '엄마 걱정'과 이 시는 같은 듯 다른 느낌이다. 어떻게 같고 어떻게
다른지 생각해 보자.

무지개

이시영

그 옛날 제가 어렸을 적
웃냇가 노듯돌 틈서리에서 물장구치다
느닷없는 천둥 소나기에 놀라 벌거숭이로
들 가운뎃길을 향해 냅다 뛰었을 때
바로 옆 밭에서 김매다 갑자기 없어진 나를 찾아
어머니는 가름젱이 온 들판을 호미 들고 다 헤매셨다면서요?
들판 가득 무지개 곱게 피어오르던 그 훈훈한 여름날 저녁

노듯돌 말에 오르거나 내릴 때에 발돋움하기 위하여 대문 앞에 놓은 큰 돌.
김매다 논밭의 잡풀을 뽑아내다.
가름젱이 들판을 가리키는 지명.

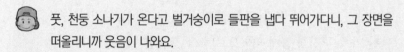
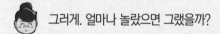 풋, 천둥 소나기가 온다고 벌거숭이로 들판을 냅다 뛰어가다니, 그 장면을 떠올리니까 웃음이 나와요.

그러게. 얼마나 놀랐으면 그랬을까?

게다가 엄마는 밭일 하다 말고 호미를 든 채로 '나'를 찾아 헤매고 있으니 더 재미나요.

그런데 어릴 적의 그 순간을 지금 어른이 되어 떠올려보니. 이것 참, 가슴이 마구 훈훈해지는 거지.

음, 알 것도 같고 모를 것도 같아요. 재밌는 시이긴 한데, 훈훈하다는 건 어떤 의미인가요? 이 시의 제목이 〈무지개〉인 건 또 무슨 이유이지요?

질문이 많아지는 걸 보니, 민서가 시랑 제법 가까워지고 있나 보다.

꽤 어린 나이였나 봐. 냇가에서 물장난을 하던 꼬맹이가 난데없이 천둥소리 요란한 소나기를 만난 거야. 꼬맹이는 혼비백산 정신이 빠져서는 옷 챙겨 입는 것도 깜빡하고 들판을 내달렸어. 옆 밭에서 일하던 어머니는 꼬맹이가 어쩌고 있나 들여다보았다가 또 혼비백산 깜짝 놀라신 게지. 아니 잘 놀던 아이가 금세 사라져버렸으니. 그래 어머니도 역시 호미 자루를 손에 든 채로 온 들을 헤매고 다니신 거야. 어머니는 어디선가 꼬맹이를 찾아내신 모양이야. 어머니는 꼬맹이를 보자마자 등짝이라도 철썩 갈기지 않았을까? 그리고 아마 이렇게 말하셨겠지.

"아이고, 이 녀석아. 대체 어딜 헤매고 다닌 거냐. 갑자기 네가 없어지는 바람에 일하다 말고 온 들판을 돌아다녔구먼……."

꼬맹이는 등짝을 맞고도 좋다고 엄마 품에 감기며 '히잉' 코맹맹이 소리라도 뽑아 올렸나? 어느덧 저녁. 소나기는 그쳐서 들판엔 무지개가 피어오르고, 꼬맹이는 세상 무서운 것이 없었을 거야. 저에게 무슨 일이라도 생겼을까 봐 열 일 제치고 마음을 쓰는 사람이 어머니라는 존재인 것을 새삼 깨달았을 테니 말이야. 세상엔 어머니라는 사람이 있다! 꼬맹이는 되뇌었겠지. 나른한 만족감과 충만함, 믿음과 사랑으로 가득한 저녁이야.

그런 저녁이면 훈훈하다 할 만 하겠지? 무지개든 무엇이든 곱고 아름답게만 보일 테고. 그날의 기억은 유년의 사진첩 속에 기억할 만한 순간으로 고이 남았겠지. 그 사진의 제목은 한 마디로 〈무지개〉야!

어쩌면 너무 어릴 적이라 시 속의 말하는 이는 그 순간이 기억나지 않는지도 몰라. 어머니가 '너 어릴 적 이런 일이 있었느니라.' 하고 일러주신 것인지도 모르지. 그래도 역시 마찬가지. 이야기를 듣는 '나'는 어린 시절 세상 걱정할 것이 없었던 그 충만함의 정체가 '바로 그런 것이구나.' 하고 새삼 다시 확인하며 행복한 마음이 되었을 거야. 어머니가 옛 이야기를 끄집어내실 때마다 빙그레 웃음을 지었겠지.

이런 순간들이 많은 사람은 삶의 힘든 고비를 만났을 때 어렵지 않게 그 고비를 넘어설 수 있을 거야. 혹은 최소한 쉽게 무너지지 않고 맞서려는 마음 정도는 가질 수 있겠지. 어머니가 주신 사랑으로부터 세상과 자기에 대한 긍정의 마음이 단단히 자라나 있을 테니까.

기다림

피천득

아빠는 유리창으로
살며시 들여다보았다.

뒷머리 모습을 더듬어
아빠는 너를 금방 찾아냈다.

너는 선생님을 쳐다 보고
웃고 있었다.

아빠는 운동장에서
종 칠 때를 기다렸다.

　이번엔 아버지의 마음이야. 어머니만큼이나 한없이 아이들에게 쏠리는 아버지의 마음을 알 수 있어.

　다 그런 건 아니지만 많은 아버지들이 마음을 표현하는 데 조금 서툰 편인지라, 많은 아이들이 알지 못한 채 훌쩍 자라버리지. 이 시를 쓴 피천득 선생님은 수필로도 잘 알려진 분인데, 딸아이에 대한 살갑고 지극한 사랑으로도 유명하신 분이란다. 선생님은 딸인 서영이가 초등학교를 졸업할 때까지 늘 딸을 데려다 주고 데리고 오곤 했다고 해. 그렇게 딸아이를 데리러 갔다가 살짝 들여다 본 교실. 뒤통수만 슬쩍 보아도 제 아이인 줄 금방 아는 사람. 선생님을 쳐다보며 웃는 아이를 보며 한없이 흐뭇해 하는 사람. 그 사람이 바로 '아버지'이시지.

　종이 칠 때를 기다리며 운동장을 서성이는 이 아버지의 마음은 설렘과 뿌듯함, 행복한 기다림으로 꽉 채워져 있었으리.

　피천득 선생님의 〈서영이〉라는 수필은 이렇게 끝을 맺고 있단다.

　나에게 이런 소원이 있었다.

　'내가 늙고 서영이가 크면 눈 내리는 서울 거리를 걷고 싶다'고. 지금 나에게 이 축복 받은 겨울이 있다. 장래 결혼을 하면 서영이에게도 아이가 있을 것이다. 아들 하나 딸 하나 그렇지 않으면 딸 하나 아들 하나가 좋겠다. 그리고 다행히 내가 오래 살면 서영이 집 근처에서 살겠다. 아이 둘이 날마다 놀러 올 것이다. 나는 〈파랑새〉 이야기도 하고 저의 엄마에 대한 이야기도 들려줄 것이다.

그리고 아이들은 저의 엄마처럼 나하고 구슬치기도 하고 장기도 둘 것이다. 새로 나오는 잎새같이 보드라운 뺨을 만져보고 그 맑은 눈 속에서 나의 여생의 축복을 받겠다.

알고 있는지? 아버지란 그런 사람. 어느 아버지나 그 마음 밑바닥엔 벨벳처럼 보드랍고 구름처럼 말랑한 사랑의 마음이 하늘하늘 제 아이들을 향하고 있음을……

마음의 고향4
– 가지 않은 길

이시영

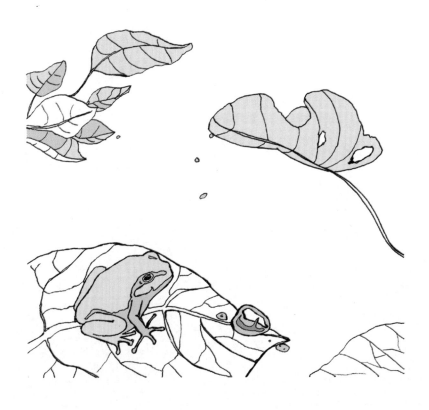

내 생에 그런 기쁜 길이 남아 있을까

중학 1학년,

새벽밥 일찍 먹고 한 손엔 책가방,

한 손엔 영어 단어장 들고

가름젱이 콩밭 사잇길로 사잇길로 시오 리를 가로질러

읍내 중학교 운동장에 도착하면

막 떠오르기 시작한 아침 해에

함뿍 젖은 아랫도리가 모락모락 흰 김을 뿜으며 반짝이던,

간혹 거기까지 잘못 따라온 콩밭 이슬 머금은

작은 청개구리가 영롱한 눈동자를 이리저리 굴리며 팔짝 튀어 달아나던,

내 생에 그런 기쁜 길을 다시 한 번 걸을 수 있을까

세상에서 가장 아름다운 길은 '가지 않은 길'이 아닐까? 내가 아직 가 보지 못한 길, 미지의 세계. 그 세계 앞에 서서 막 첫 걸음을 내딛는 순간을 떠올려 봐. 얼마나 두근두근 마음 설렐까.

시 속의 '나'는 중학교에 막 입학한 모양이야. 그러라는 사람도 없는데 일찌감치 잠에서 깨어 날이 밝기도 전에 학교를 향해 출발했어. 선득한 아침 이슬이 남아 있던 잠을 멀찌감치 쫓아내고, 청개구리도 경쾌하게 팔짝팔짝 내 옆을 따르네. 아침 해와 함께 학교에 도착하니 스스로 자랑스럽고, 뿌듯하고, 입가엔 절로 미소가 맴돌아. 자, 이제 새로운 시작인 거야.

어떤 세계에 처음 발을 내딛는다는 것은 짜릿하고 벅찬 일이지. 물론 그런 순간을 여러 번 겪게 되면 첫 순간의 기쁨도 무디어지겠지. 하지만 그런 경험이 많지 않은 이에겐 첫 경험은 놀라운 행복이고 가슴 떨림일 거야.

무엇이든 새로 시작하는 것 투성이일 너희들. 얼마나 많은 기쁨과 설렘이 아직 풀지 않은 선물 상자처럼 너희들 앞에 놓여 있는 것일까. 이미 어른이 되어 버린 샘에겐 가지 않은 길도 몇 남지 않은데다, 첫 순간의 기쁨을 느낄 수 있는 말랑말랑한 마음도 어느 새 많이 사라져 버렸어. 아, 정말 내 생에 그런 기쁜 길을 다시 한번 걸을 수 있는 것일까?

성장

이시영

바다가 가까워지자 어린 강물은 엄마 손을 더욱 꼭 그러쥔 채 놓지 않았습니다. 그러다가 그만 거대한 파도의 뱃속으로 뛰어드는 꿈을 꾸다 엄마 손을 아득히 놓치고 말았습니다. 그래 잘 가거라 내 아들아. 이제부터는 크고 다른 삶을 살아야 된단다. 엄마 강물은 새벽 강에 시린 몸을 한번 뒤채고는 오리처럼 곧 순한 머리를 돌려 반짝이는 은어들의 길을 따라 산골로 조용히 돌아왔습니다.

소곤소곤

영화 〈말아톤〉 중의 한 장면이 떠오르네. 자폐증을 앓는 아들을 줄곧 옆에서 지켜 온 엄마는 아들이 안쓰럽고, 또 못 미덥기도 해서 늘 아들의 손을 잡고 보호해 주려 하지. 그런데 어느새 아들은 제 스스로 갈 길을 결정할 만큼 쑥 자라났네. 그걸 깨달은 엄마는 힘겹게 아들의 손을 놓아 주게 돼. 아들은 엄마를 돌아보며 사람들 틈으로 멀어져 가.

성장한다는 건 힘겨운 일이야. 누구의 도움도 없이 홀로 서야 하는 순간을 맞는다는 것이지. 떠나는 아이도 놓아주는 엄마도 참 어려운 일이지만 언젠가는 반드시 겪어야 하는 일인걸. 그렇게 강물은 바다로 가듯 우리들도 정다운 어린 시절을 떠나가는 거란다.

저녁 한때

임길택

뒤뜰 어둠 속에
나뭇짐을 부려 놓고
아버지가 돌아오셨을 때
어머니는 무 한 쪽을 예쁘게 깎아 내셨다.

말할 힘조차 없는지
무쪽을 받아든 채
아궁이 앞에 털썩 주저앉으시는데
환히 드러난 아버지 이마에
흘러난 진땀 마르지 않고 있었다.

어두워진 산길에서
후들거리는 발끝걸음으로
어둠길 가늠하셨겠지.

불 타는 소리
물 끓는 소리
다시 이어지는 어머니의 도마질 소리
그 모든 소리들 한데 어울려
아버지를 감싸고 있었다.

도란도란

 힘들게 일하고 돌아온 아버지에게 어머니가 무 한 쪽을 드리네요?

 그런데 어쩐지 그 무는 참 맛있을 것 같아요.

 음. 그렇지? 자, 시의 마음을 읽어 볼까? 어떤 마음이 읽히니?

 하루 종일 일하고 돌아온 아버지를 안쓰럽게 여기는 '나'의 마음이 있어요.

 하지만 아버지는 행운의 사나이이기도 해요. 일을 마치고 집에 돌아오니 아버지를 반겨주는 어머니와 따뜻한 저녁 식사가 기다리고 있잖아요.

 맞아. 우리 아빠도 저녁에 돌아오셔서 현관문을 열었을 때 된장찌개 냄새가 확 나면 너무 행복하시대.

소곤소곤

나무를 하시느라 날이 저무는 줄도 모르셨던 걸까? 아버지는 어두워진 후에야 집에 돌아오셨어. 말할 힘도 없으신지 털썩 주저앉으시는 아버지의 이마엔 아직 진땀이 마르지도 않았네.

아이는 아버지가 걸어온 길을 가늠해 봐. 무거운 나뭇짐을 이고 어두운 산길을 더듬더듬 걸어오셨겠지? 아버지의 다리도 후들후들 떨리셨을 거야. 아이는 어렴풋이 아버지가 짊어져야 하는 삶의 무게를 느끼는 모양이야.

어머니는 그런 아버지를 다 이해하고 있으신가 봐. 아버지를 위해 무 한 쪽을 건네고, 물을 끓여 저녁을 준비하시네. 말이 없어도 그냥 서로 마음을 다 아는 그런 사이인 거야. 아궁이에서 장작이 타고, 보글보글 물 끓는 소리가 들려. 어머니의 도마질 소리가 또닥또닥 정겹게 들려오지. 아버지는 편안하고 행복해 보여. 아, 모든 것이 제자리에 있는 거야.

소박하고 평화로운 저녁, 서로가 서로의 진하고 따뜻한 마음에 기대어 쉬는 저녁이야. 이런 '저녁 한때'는 우리들 마음속에 오래오래 가라앉아 있다가 우리들이 자라서 어느 바람 센 거리를 외롭게 헤맬 때, 세상에 아무도 없이 나 혼자라고 느낄 때 우리들의 시린 등을 토닥토닥 두드려줄 거야.

'아, 지금은 이런 아궁이 앞에 가 앉고 싶은 겨울 저녁.'

엄마 무릎

임길택

귀이개를 가지고 엄마한테 가면
엄마는 귀찮다 하면서도
햇볕 잘 드는 쪽을 가려 앉아
무릎에 나를 뉘여 줍니다.
그리고선 내 귓바퀴를 잡아 늘이며
갈그락갈그락 귓밥을 파냅니다.

아이고, 니가 이러니까 말을 안 듣지.
엄마는 들어 낸 귓밥을
내 눈앞에 내 보입니다.
그리고는
뜯어 놓은 휴지조각에 귓밥을 털어 놓고
다시 귓속을 간질입니다.

고개를 돌려 누울 때에
나는 다시 엄마 무릎내를 맡습니다.
스르르 잠결에 빠져듭니다.

소곤소곤

시 속의 엄마는 그리 보들보들 다사로운 편은 아닌 모양이야. 시 속의 '나(화자)'가 귀이개를 들고 가면 대뜸 '귀찮게시리.' 하는 성품이 시지. 하지만 그렇다고 '나'에 대한 사랑이 남보다 부족한 것은 아니야. 햇볕 잘 드는 쪽으로 나를 누이시고 갈그락갈그락 귀를 파주시는 걸 보니 말이야. '나'도 역시 보들보들 사랑스럽기만 한 자식은 아닌 듯해. 엄마는 귀를 파주면서 '네가 이러니까 말을 안 듣지.' 하고 귓구멍을 막고 있던 큼직한 귓밥을 보여주시네. 평소에 엄마 속 깨나 썩이기도 했던 모양이야. 하지만 엄마의 그런 잔소리도 '나'에게는 감미롭게만 들려. 엄마의 냄새를 맡으며 스르르 잠들어 버리네. 엄마란 그런 존재인가 봐. 그냥 그 곁에 있기만 하면, 마음이 무장해제되는, 세상에서 가장 힘센 존재이기도 해.

우리들은 누구나 누군가의 사랑과 도닥임이 필요해. 엄마의 무릎내를 느끼며 스르르 잠이 들고 싶은 아이 하나씩을 사람들은 제각각 마음에 품고 살아가는 거란다.

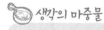 **생각의 마중물**

내게 '엄마 무릎'과 비슷한 느낌을 주는 소재를 찾아보자.

바다가 보이는
교실 10
- 유리창 청소

정일근

참 맑아라
겨우 제 이름밖에 쓸 줄 모르는
열이, 열이가 착하게 닦아 놓은
유리창 한 장
먼 해안선과 다정한 형제 섬
그냥 그대로 눈이 시린
가을 바다 한 장
열이의 착한 마음으로 그려 놓은
아아, 참으로 맑은 세상 저기 있으니

〈바다가 보이는 교실〉이라. 제목만 들어도 그 아름다운 학교 풍경이 머릿속에 그려지네. 수업을 하다가 눈을 들면 출렁출렁, 푸른 바다가 보이는 거야. 시인은 그 교실의 선생님인 모양이야. '아, 참 행복하겠다.' 그 아름다운 교실에 열이라는 아름다운 아이가 있네. 제 이름밖에는 쓸 줄 모르는, 세상의 눈으로 보면 좀 모자란 부분이 있는 아이인가 봐. 그 아이에게 유리창을 닦으라 했던 게지? 아이는 온 마음을 다해 유리창을 닦았어. 착하디 착한 아이는 '왜, 내가 이걸 해야 하나.' 투덜거리는 마음 없이, '귀찮으니 대충 하고 끝내자.'는 불평도 하지 않고, 곱고 맑게 정성을 다해 유리를 닦아 놓은 거야.

시인은 지금 열이가 닦아 놓은 유리창 앞에 서 있어. 이야, 감탄사가 절로 나와. 티끌 한 점 없이 맑은 유리 너머로 먼 해안선과 다정한 형제 섬이 보이네. 저 가을 바다 풍경 한 장이 열이의 마음인 것 같아. 열이의 세상에는 아름다운 것들과 다정한 것들이 오손도손 그려져 있어. 열이는 그 세상을 향해 부지런히 작은 손을 놀린 거야. 열이의 마음이 눈 시린 어여쁨으로 여기 빛나고 있어.

우리는 어떤 사람이 되어야 할까? 어떻게 살아야 하는 것일까? 어떤 세상을 만들어가야 하는 것일까? 간혹 눈앞이 아득해져 잘 알 수 없을 때가 있지. 어쩌면 그 해답은 열이의 유리창 속에 있는 게 아니냐고, 이 만큼이면 된 것 아니겠느냐며, 시인은 뜨끈해진 눈시울로 우리에게 묻고 있어. 맑고 선한 것 앞에서 사람들은 대개 마음 밑의 뿌리 같은 것이 촉촉이 젖어드는 것 같은 감동을 느끼게 돼. 그건 아마도 착하고 어여쁜 것을 사랑하는 본바탕 같은 것이 누구의 마음속에든 존재하고 있기 때문일 거야. 그 마음이 우리 인간이 가질 수 있는 '희망'이 아니겠느냐고, 열이의 착한 얼굴이 우리를 향해 웃고 있네.

처음의 아름다움

정일근

산중턱에 위치한 학교는 앞으로는 맑고 푸른 남해 바다가, 뒤로는 벚꽃의 도시 진해를 안고 있는 장복산이 펼쳐졌다. 내가 처음 담임을 맡는 교실에서는 유난히 바다가 잘 보였다. 다른 교실들은 앞에 서 있는 고등학교 건물 때문에 바다가 잘 보이지 않았는데 우리반 교실은 축복처럼 바다가 보였다.

푸른 바다는 접시 속에 담긴 것처럼 늘 고요했고 대죽도, 소죽도라고 부르는 형제섬이 다정하게 떠 있었다. 수업을 하다가 지치면 자주 그 바다를 바라보았다. 나에게는 어린 시절 헤엄을 즐기던 고향 바다며, 내가 모교의 중학생이었을 때도 늘 바라보며 자란 바다였다. 초년 교사로 어려움을 겪을 때마다 유리창에 이마를 대고 친구 같은 바다를 바라보며 오랫동안 생각에 잠기곤 했다. 그리고 아이들이 집으로 돌아간 빈 교실에서 바다를 보며 시를 썼다.

학교에서는 학기 초가 되면 환경미화 심사라는 것을 했다. 어느 교실이 잘 꾸며져 있는가를 심사해 최우수반을 선정해 그 반 안내판 아래에 아름다운 교실이라는 펜던트를 달아주었다. 환경미화 심사를 앞두고 나는 우리 반 아이들에게 이런 제안을 했다.

"우리 교실에서는 바다가 잘 보이니 저 바다를 자랑하자. 유리창을 한 장 한 장 깨끗이 닦아 심사를 하러 오시는 선생님들에게 '우리 반은 저 바다를 걸어놓았어요.'라고 자랑하자."

그래서 우리 반 아이 한 명과 유리창 한 장이 친구가 되었다. 아이들은 자기가 맡은 유리창을 경쟁하듯 쉬는 시간마다 열심히 닦았다. 얼마나 깨끗하게 유리창을 닦았는지 유리창이 없는 것 같았다. 유리창이 깨끗해지자 바다도 깨끗해졌다. 우리는 유리창 대신 바다를 걸어 놓은 것 같은 행복한 착각에 빠졌고, 교실 유리창에 걸어놓은 바다 덕에 환경미화 심사에서 최우수상을 받았다.

열이라는 착한 아이가 있었다. 선천성 심장병을 앓는 열이는 체육시간이 되면 운동장에 나가 달리지 못하고 늘 나무 그늘에 앉아 쉬었다. 열이는 아픈 심장으로 하여 친구들과 함께 달릴 수 없었다. 체육시간 마다 풀이 죽어 종이비행기를 접어 날리는 열이의 모습을 지켜보는 내 마음도 아팠다.

열이는 유리창 청소에 아주 열심이었다. 많은 유리창 중에서 열이의 유리창이 가장 빛났고, 열이의 유리창에 담긴 바다도 가장 푸르게 빛났다. 나는 열이의 유리창을 볼 때마다 칭찬을 아끼지 않았고, 열이는 더욱 신이나 유리창을 닦았다. 열이가 학교에 오는 이유는 오직 유리창을 닦기 위한 것 같았다. 유리창은 열이의 희망이었다. 바다가 보이는 교실 연작시의 10번째 시에 열이의 마음을 담았다.

참 맑아라
겨우 제 이름밖에 쓸 줄 모르는
열이, 열이가 착하게 닦아놓은
유리창 한 장
먼 해안선과 다정한 형제섬
그냥 그대로 눈이 시린
가을 바다 한 장
열이의 착한 마음으로 그려놓은

아아, 참으로 맑은 세상 저기 있으니

그러나 착한 열이는 중학교를 졸업하고 고등학교에 진학하고 나서 얼마 되지 않아 세상을 떠났다. 나는 열이의 부음을 받지 못했다. 어느 날 열이의 안부가 궁금해 찾았더니 열이는 이미 세상을 떠난 후였다.

욕심이 많았던 나는 결국 아이들 속으로 난 그 길과 열이가 깨끗하게 닦아 놓은 유리창을 버리고 다른 세상으로 떠나왔다. 얼마 전 열이와 한 반을 했다가 서울로 전학을 갔던 제자가 편지를 보내며 '열이. 한없이 순하기만 해서 친구들에게 놀림을 받기만 했던 열이. 그도 이제 누군가의 사랑하는 남편과 아버지가 되어 있을지도 모르겠군요.'라고 안부를 물어와 열이가 이미 세상에 없다는 소식을 전하며 오랜만에 열이를 생각했다.

열이의 마음 때문이었을까, 오늘은 교육인적자원부로부터 그 시가 올 중학교 1학년 2학기 교과서에 수록된다는 연락을 해왔다. 시인으로 교과서에 내 시가 실린다는 것도 기쁜 일이지만, 열이의 착한 마음이 교과서를 읽는 아이들의 마음속에 영원히 살아있게 되어 기쁘다.

처음은 늘 아름다운 것이다. 다시 그 처음으로 돌아가 열이와 함께 유리창을 닦고 싶다. 열이가 자신의 유리창에 그려 놓은 바다가 보이는 그 교실로 돌아가고 싶은 날이다.

가을 소녀들

양정자

학생들도 선생님도 다 가 버린
꽃도 잎도 다 져 버린
을씨년스런 11월 텅 빈 교정 한 구석에
아직 사춘기에 이르지 못한 중1짜리 계집애들이
늦게까지 고무줄을 하고 논다.
"장난감 기차가 칙칙폭폭 떠나간다.
과자와 사탕을 싣고서……."
잔설처럼 깔린 황혼을 스산히 몰고 가는 찬바람에
펄럭이는 교복 치마 밑에서 통통히 여무는 종아리
계집아이들의 높고 쾌활한 웃음소리에
어둑신한 교정 한 구석이
꽃핀 것처럼 환하게 밝아지네.

이 시를 쓴 분은 선생님인가 봐요.

 맞아. 그런 것 같지? 나도 시인과 비슷한 생각. 학생들이 웃고 떠드는 소리 덕분에 학교가 살아 숨 쉬는 게 아닐까, 그런 느낌. 아이들이 재잘거리는 소리가 어떤 때는 새소리처럼 맑고 이쁘게 들린단다.

 오호, 지금 그 말씀 진담이시죠?

 민서 군. 물론 수업 시간엔 아닙니다. 흠흠.

 그런데 고무줄 놀이 저 한번도 안 해 봤어요.

 앗, 그런 세대인 건가! 그렇다면 민서도 좋아하는 여자아이 '고무줄 끊기' 같은 것 한번도 안 해 봤겠네?

 왜, 좋아하는 여자아이인데 고무줄을 끊어요?

 좋아하는 마음을 반대로 표현하는 거겠죠?

 빙고!

학생들과 선생님들이 모두 가 버린 학교처럼 쓸쓸한 것이 있을까? 때는 11월의 저녁. 스산한 찬바람까지 부는 황혼 무렵. 꽃도 잎도 다 져 버린 을씨년스런 교정이야. 어, 그런데 아이들이 있네. 중1짜리 계집아이들이야. 아이에서 청소년으로 막 넘어가는 무렵, 아직은 어린 마음인가 봐. 아이들은 고무줄놀이를 하고 있어. 펄럭이는 교복 치마 밑에서는 아이들의 종아리가 통통히 여물어가고 있네. 아이들은 높고 쾌활한 웃음을 터뜨리며 놀고 있어. 그 아이들이 어두운 교정을 밝히고 있지. 꽃도 다 진 11월의 교정을 단숨에 환한 꽃 세상으로 바꾸는 거야. 가을을 봄으로 바꾸는 힘센 소녀들. 아우, 예뻐라!

세상에는 참 이쁘고 이쁜 것들이 있지. 봄비 맞고 밤새 쑥쑥 자라나는 '연둣빛 풀잎들', '새싹들', '나뭇가지들' 어제가 다르고 오늘이 다르게 막막 자라나는 것들. 너희들이 바로 그래.

한창 자라나는 중인 존재들이 어여뻐 보이는 이유는 그게 생명의 본성이기 때문일까? 생명은 약동하려 하고, 나날이 새롭게 자라나려 하지. 생명의 기운이 다해 가면 좀처럼 움직이지 않으려 하고, 새로워지는 것도 더 나아지는 것도 귀찮아하게 되거든. 그래서 우리의 눈은 자연히 가장 생명의 본연에 가까운 것을 즐거운 마음으로 따라가게 되는 걸 거야. 시인도 역시 그런 마음으로 여자아이들을 바라보고 있어. 아, 참 너희들 얼마나 환하고 어여쁜지!

웃음에 바퀴가 달렸나 봐

김기택

한번 나오기 시작한 웃음이
멈추지 않아.
웃음에서 깔깔 까르르르
바퀴 구르는 소리가 나.
바퀴 달린 웃음이
언덕을 내려가고 있어.
웃음소리가 점점 빨라지고 있어.
웃음 끄는 스위치가 있으면 좋겠어.
달리는 웃음을 멈추게 하는
빨간 신호등도 있으면 좋겠어.

웃음이란 참 얼마나 재미난 것인지. 저도 모르게 터져 나와서 온몸을 덜컹덜컹 흔들어 놓지. 게다가 때로는 저 혼자 바퀴 달린 수레처럼 언덕을 내려가며 '깔깔 까르르' 굴러가 버려. '웃음을 멈추게 하는 빨간 신호등이 있었다면 좋겠다.'라니, 웃음을 노래하는 이 시도 참 재미나네.

 생각의 마중물

이 시에 나타나는 웃음은 어떠한 웃음인가? 나는 언제 이런 웃음을 웃어 보였던가?

종례 시간

도종환

애들아 곧장 집으로 가지 말고
코스모스 갸웃갸웃 얼굴 내밀며 손 흔들거든
너희도 코스모스에게 손 흔들어 주며 가거라
쉴 곳 만들어주는 나무들
한 번씩 안아주고 가라
머리털 하얗게 셀 때까지 아무도 벗해 주지 않던
강아지풀 말동무해 주다 가거라

애들아 곧장 집으로 가
만질 수도 없고 향기도 나지 않는
공간에 빠져 있지 말고
구름이 하늘에다 그린 크고 넓은 화폭 옆에
너희가 좋아하는 짐승들도 그려 넣고
바람이 해바라기에게 그러듯
과꽃 분꽃에 입 맞추다 가거라

애들아 곧장 집으로 가 방 안에 갇혀 있지 말고
잘 자란 볏잎 머리칼도 쓰다듬다 가고
송사리 피라미 너희 발 간질이거든
너희도 개울물 허리에 간지럼먹이다 가거라
잠자리처럼 양팔 날개 하여
고추밭에서 노을 지는 하늘 쪽으로
날아가다 가거라

의아하지? 선생님은 왜 곧장 집으로 가지 말라고 하시는 걸까? 어디, 대체 뭘 하라고 그러시는지 한번 살펴볼까?

가는 길에 코스모스가 피어 있거든 손도 한 번 흔들어 주고, 나무들도 한 번씩 안아 주고, 심지어 강아지풀 말동무까지 해 주고 가라시네. 하늘 화폭에 좋아하는 짐승도 그려 넣고, 과꽃 분꽃에 입도 맞추고 말이지. 이런 걸 우리말로 '해찰'을 부린다고 말하기도 해.

곧장 집으로 돌아가면 아이들은 무얼 할까? 아마도 컴퓨터를 하거나 텔레비전을 보겠지? 얼른 숙제부터 하라는 엄마의 엄명에 방에 틀어박혀 나오지 못할 수도 있겠고, 서둘러 학원에 가느라 마음이 바쁘기도 할 거야. 냄새고, 소리고, 향기고, 그런 것들은 눈치채지 못한 채 잿빛의 시간을 보내기 십상일 거야. 시인은 아마도 그런 아이들의 삶이 안타까운 모양이야.

우리들은 늘 무슨 일인가로 바빠서 코스모스가 웃고 있는 것도 눈치 채지 못하고, 우리들을 위해 저 나무가 그늘을 만들어 주는 것도 알지 못해. 누군가 외로운 존재가 저만치 혼자 있다는 것도 알아채지 못하곤 하지. 대체 그 바쁜 일이란 건 그렇게도 소중한 일인 걸까? 어여쁜 꽃들이랑 눈과 입을 맞추는 일보다도, 잘 자란 볏잎 머리칼을 쓰다듬어 주는 일보다도 더 중요한 일일까?

자기 밖의 세상에 대해 눈 밝게 뜬 사람의 생은 향기로 가득할 거야. 그냥 지나쳐 가는 이에겐 절대 보이지 않는 비밀의 문이 있어. 서성이며 눈을 뜨고 어루만져 주는 이에게는 활짝 열리는 법이거든. 송사리 피라미랑 놀아 줄 줄 아는 사람, 한 마리 잠자리인 것처럼 노을 지는 하늘가를 나는 사람이야. 세상과 둘이 아닌 꼭 하나. 그래서 그 사람의 마음은 충만하니 빈 구석이 없을 거야.

시인은 아이들에게 그런 이야기를 하고 싶으신 건가 봐. 아이들이 그런 삶을 살도록 해 주고 싶으신 모양이야.

오늘은 학교에서 집에 가는 길을 평소보다 세 배쯤 천천히 걸어와 보자. 이전에 보이지 않았던 것이 보이기 시작할 거야. 어쩌면 그 새로 보이는 것들 속에 예전에 몰랐던 인생의 진짜 맛과 향이 오롯이 들어 있을지도 모를 일이야.

흔들리며 피는 꽃

도종환

흔들리지 않고 피는 꽃이 어디 있으랴
이 세상 그 어떤 아름다운 꽃들도
다 흔들리며 피었나니
흔들리면서 줄기를 곧게 세웠나니
흔들리지 않고 가는 사람이 어디 있으랴

젖지 않고 피는 꽃이 어디 있으랴
이 세상 그 어떤 빛나는 꽃들도
다 젖으며 피었나니
바람과 비에 젖으며 꽃잎 따뜻하게 피었나니
젖지 않고 가는 삶이 어디 있으랴

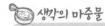 생각의 마중물

> 시의 말하는 이가 바람에 흔들리고 비에 젖으며 흔들리는 꽃 속에서 어떤
> 삶의 모습을 보아내고 있는지 이야기해 보자.

토란잎에 궁그는 물방울같이는

복효근

그걸 내 마음이라 부르면 안 되나
토란 잎이 간지럽다고 흔들어대면
궁글궁글 투명한 리듬을 빚어내는 물방울의 그 둥근 표정
토란 잎이 잠자면 그 배꼽 위에
하늘 빛깔로 함께 자고선
토란 잎이 물방울을 털어내기도 전에
먼저 알고 흔적 없어지는 그 자취를
그 마음을 사랑이라 부르면 안되나

토란잎 위에서 물방울은 둥글고 말랑거리는 구슬처럼 궁글궁글 구른단다. 물방울 속으로 토란잎의 푸른 빛깔이 이리저리 얼비치며 영롱한 아름다움을 빚어내지. 자연이 빚어내는 무수한 매력적인 장면들 중 하나야.

물방울은 토란잎과 어울려 생기로운 한때를 빚어내기도 하고, 토란잎과 함께 그 배꼽 위에서 토란잎을 닮은 하늘 빛깔로 함께 잠들기도 하지만, 어느 순간에 토란잎이 물방울을 털어내기도 전에 먼저 사라져 버리지. 온전한 사랑의 순간을 누릴 줄 알지만 떠나야 할 때는 상대방을 배려하며 고요히 스러지는 사랑. 그런 사랑이 만약 눈에 보이는 것이라면 바로 '토란잎 위의 저 물방울 같은 것.'이라고, 시인은 그렇게 생각했던가 봐.

시인은 아마도 그런 사랑을 꿈꾸는가 보다. 토란 잎 위의 물방울을 가만 들여다보다가, 그 어여쁨에 감탄하다가 문득 '내 마음이 내 사랑이 이런 모양이었으면?' 하고 생각했던 모양이다. 대개의 경우 사랑의 정점은 다들 아름답지만, 떠나는 순간이나 떠나고 난 후에는 저 토란잎 위의 물방울 같기가 쉽지 않지. 악착같이 떼를 써 보기도 하고, 질척질척 들러붙기도 하고 말이야. 사랑의 끝은 대부분 흰 테이블보에 떨어진 김치 국물처럼 추접하고 남루하고, 오래오래 흔적을 남기곤 해. 마지막 순간이 저 물방울 같을 수 있다면 참 좋으련만.

아마도 아직 시작되지 않았을 너희들의 사랑은 어떤 모양일까? 때 묻지 않은 맑은 모양이 꼭 이 시 속의 물방울처럼 투명하고 맑을 것만 같아. 마음도 사랑도 사람도 한결같이 늘 그렇게 어여쁘면 좋겠어. 그랬으면 참 좋겠어.

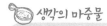 생각의 마중물

'토란잎에 궁그는 물방울'을 너희는 무어라 부르고 싶니? 어떤 마음이라 부르고 싶은지 생각해 보자.

밤

오탁번

할아버지 산소 가는 길
밤나무 밑에는
알밤도 송이밤도
소도록이 떨어져 있다

밤송이를 까면
밤 하나하나에도
다 앉음앉음이 있어
쭉정밤 회오리밤 쌍동밤
생애의 모습 저마다 또렷하다

한가위 보름달을
손전등 삼아
하느님도
내 생애의 껍질을 까고 있다

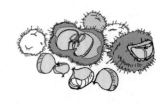

소도록이 소복하게

할아버지의 산소에 가는 길이야. 한가위 보름달이라고 했으니 추석날에 성묘를 지내러 가는 모양이네. 자, 시속의 누군가와 함께 밤나무 우거진 산길을 걸어가 볼까?

때는 가을. 나뭇잎들은 한철 뜨거운 나날을 보내고 이제 차분한 빛깔로 가라앉았어. 산길을 걷는 이의 마음도 함께 고즈넉해지네. 이런 순간엔 이런저런 기억들이 찬찬히 스치고, 앞으로 올 날들을 가만히 생각해 보게 될 거야. 이런 순간 또한 시가 찾아오는 순간이기도 해. 우리는 당장 눈앞에 닥친 일들을 해내느라 늘 허둥지둥 앞으로 걸어가기 바쁘지. 그런데 어느 순간 발걸음이 느려지고, 내가 공중으로 슬쩍 떠올라. '말하자면 나의 눈에 내가 보이는 것'. 나의 생이 보이는 것이지.

말하는 이의 눈에 알밤과 송이밤이 보이네. 밤송이를 까 보니 밤 하나하나 다들 제각기 알을 품은 모양새가 다른 거야. 사람들마다 걸어가는 삶의 길이 다들 제각각이듯 말이야. 그러다가 문득 시선은 훌쩍, 날아오르지. '내가 이렇게 밤송이를 까 보며 어쩌면 이렇게 제각각일까.' 생각하듯이, 저 위에 있을 누군가도 나의 삶을 들여다보고 '오호, 어쩌면 이럴까. 이 녀석의 생은 이런 모양이군.' 하며 생각에 잠겨 있지 않을까? 재미나게도 한가위 보름달을 손전등 삼아 비추어 가며 말이야.

흰둥이 생각

손택수

손을 내밀면 연하고 보드라운 혀로 손등이며 볼을 쓰윽, 쓱 핥아주며 간지럼을 태우던 흰둥이. 보신탕감으로 내다 팔아야겠다고, 어머니가 앓아누우신 아버지의 약봉지를 세던 밤. 나는 아무도 몰래 대문을 열고 나가 흰둥이 목에 걸린 쇠줄을 풀어주고 말았다. 어서 도망가라, 멀리 멀리, 자꾸 뒤돌아보는 녀석을 향해 돌팔매질을 하며 아버지의 약값 때문에 밤새 가슴이 무거웠다. 다음 날 아침 멀리 달아났으리라 믿었던 흰둥이가 아무 일도 없다는 듯이 돌아와서 그날따라 푸짐하게 나온 밥그릇을 바닥까지 다디달게 핥고 있는 걸 보았을 때, 어린 나는 그예 꾹 참고 있던 울음보를 터뜨리고 말았는데

흰둥이는 그런 나를 다만 젖은 눈빛으로 핥아주는 것이었다. 개장수의 오토바이에 끌려가면서 쓰윽, 쓱 혀보다 더 축축히 젖은 눈빛으로 핥아주고만 있는 것이었다.

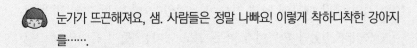
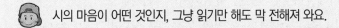 눈가가 뜨끈해져요, 샘. 사람들은 정말 나빠요! 이렇게 착하디착한 강아지를……

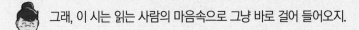 시의 마음이 어떤 것인지, 그냥 읽기만 해도 막 전해져 와요.

그래, 이 시는 읽는 사람의 마음속으로 그냥 바로 걸어 들어오지.

소곤소곤

　요즘은 애완동물로 개를 기르는 사람들이 대부분이지만, 예전에
개는 애완동물이기보다 가축에 가까웠어. 충실히 집과 주인을 지키
다가 마지막에는 제 몸까지 먹을 것으로 내어주는 그런 존재. 하지만
그 시절에도 아이들에게 개는 가축이 아니라 마음을 나누는 동무이
고 가족이었지. 학교 갈 때는 아쉬워서 뒤를 돌아보고 또 돌아보고,
다녀오자마자 가방은 마루 한가운데 내동댕이치고 마당의 개부터 쓰
다듬는 거야. 그러면 흰둥이거나 누렁이, 이 착한 잡종 녀석은 동무
가 와서 반갑다고 야단스레 꼬리를 흔들고 손등이며 볼을 '쓰윽, 쓱'
핥아대곤 했지.

　그런데 그런 소중한 동무 흰둥이를 어머니가 보신탕감으로 내다
팔아야겠다시네. 앓아누우신 아버지의 약값으로 쓰실 모양이야. 가
만히 있을 수 없는 일이야. '나(화자)'는 몰래 흰둥이를 풀어 줘. 아버
지 약값 걱정에 죄스러운 마음에 밤새 잠도 제대로 못 자지. 그런데
이런, 이 흰둥이 녀석 아무 일 없다는 듯이 다시 돌아와 있네. 바보
같은 녀석. 저 죽을 줄도 모르고, 이렇게 주인집 식구들에게 온전한
믿음과 신뢰를 주고 있는 이 녀석. 어쩌면 녀석은 알고 있는가 봐. 제
가 끌려가 주어야 아버지의 약값이 나온다는 것을 말이야. 녀석의 눈
이 이미 축축하게 젖어있는 걸.

　가엾어라, 흰둥이. 하지만 가여운 건 흰둥이뿐이 아니야. 흰둥이를
내다 팔려는 어머니를 '나'는 미워할 수 없어. 대놓고 안 된다고 떼를

쓸 수도 없지. 아버지의 약값인 걸. '나'도 그걸 알기에 더는 어쩌지 못하고 그냥 울음보를 터뜨리는 거야.

　누구도 악인은 아니기에, 심지어 흰둥이를 끌고 가는 개장수도 그저 직업으로 그 일을 하고 있을 뿐이야. 그래서 흰둥이의 눈빛은 더 애잔하고, '나'의 속울음도 '꺽꺽' 우리들 마음에 젖어 드는 거야.

말

정지용

말아, 다락같은 말아,
너는 즘잔도 하다마는
너는 웨 그리 슬퍼 뵈니?
말아, 사람편인 말아,
검정 콩 푸렁 콩을 주마.

이 말은 누가 난 줄도 모르고
밤이면 먼 데 달을 보며 잔다.

말하는 이는 아마도 어린아이인 것 같아. 짐승에 대한 깊은 관심과 애정이 진하게 있는 걸 보니 말이야.

어른들은 마음과 눈에 때가 끼어서 짐승을 동등한 존재로 보기보다는 자신들보다 좀 낮은 존재, 아무렇게나 해도 좋은 존재로 보는 경향이 있거든. 그래서 키우던 개를 길에 버리고 가기도 하고, 고양이가 병들면 내다버리기도 하고 그러는 것 아닐까 싶어. 아니, 실은 어른들 중에도 이런 아이의 마음을 가진 사람이 있고, 아이들 중에도 어른의 마음을 가진 아이가 있는 것이겠지. 이 시를 쓴 시인은 어른이겠지만, 말하자면 아이의 마음으로 돌아가 말을 들여다보고 있는 거야.

아이의 눈에 말은 참 점잖아 보여. 얌전히 마구간에 서서 눈을 깜빡깜빡하고 있으니 말이야. 참 매혹적이고 멋진 존재지. 그런데 아이의 눈에 또 그 말은 참 슬퍼 보여. 이 말은 왜 슬플까. 사람의 동무인 이 말에겐, 사람에겐 말하지 못하는 슬픔이 있는가 보아. 그래서 아이는 말을 위로해 주고 다독여 주고 싶어져. 아이는 말의 등이라도 쓰다듬고 있는 중일 거야. 이거라도 먹어. 말이 좋아하는 검정 콩 푸렁 콩을 주면서 아이는 말의 슬픔에 함께 젖어들지. 나는 이렇게 가족들과 함께 살고 있는데, 넌 가족들과 헤어져 여기 이렇게 외따로 있구나. 그래서 외롭니? 그래서 슬프니? 네가 먼 데 달을 보며 자는 이유는 그런 거구나. 그리움과 외로움 때문이구나. 시의 마음은 다른

존재의 마음을 내 것인 양 느끼는 것. 그이의 슬픔과 기쁨과 고독과
아픔을 내 것으로 품어 안는 것. 그래서 서로 다른 존재들 사이의 경
계선을 가만히 지우는 것. 말의 부드럽고 촉촉한 털을 가만히 쓸어
보는 그런 밤.

콩, 너는 죽었다

김용택

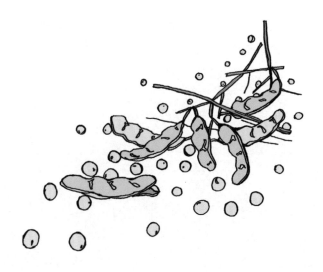

콩 타작을 하였다
콩들이 마당으로 콩콩 뛰어나와
또르르또르르 굴러간다.
콩 잡아라 콩 잡아라
굴러가는 저 콩 잡아라.
콩잡으러 가는데
어, 어, 저 콩 좀 봐라.
쥐구멍으로 쏙 들어가네.

콩, 너는 죽었다.

콩 타작 날이네. 콩들이 이리저리 마당으로 튀어나가 난리가 났어. 콩이라고 '콩콩' 뛰어다니고, '또르르또르르' 여기저기 굴러다니네. 아이들은 신이 났어. 어른들에게 '콩 타작'은 힘겨운 노동이고 일의 연장일 수 있지만 아이들에겐 그것마저 놀이가 되는가 봐. 저희들도 마치 콩콩거리는 콩알처럼 '이리 뛰고, 저리 뛰고', '까르르까르르' 콩알 뒤를 쫓으며 야단법석을 떨고 있네. 아이들의 웃음소리와 발자국 소리가 막 귀에 들리는 것 같지? 콩알이 아이들인지 아이들이 콩알인지 도통 모를 지경이야.

어어, 그런데 저 콩 봐라. 막 뒤를 따라잡는 찰나 쥐구멍으로 쏙 들어가 버리네. 이런, 놓쳤구나.

헛, 그런데 저 콩 녀석. 저는 잘 피했다 하고 숨어든 구멍이 글쎄 쥐구멍일세. 콩아, 넌 이제 죽었다. 용용. 쥐에게 먹히는 신세로구나.

아이들의 목소리와 마음을 빌어 들려주는 어느 하루의 농촌 풍경. 읽는 순간 그냥 막 유쾌해지는 그런 시. 시의 마당 속으로 함께 걸어 들어가 이 야단법석 난리통을 즐기고 싶어지는 그런 시야.

향수

김기림

나의 고향은
저 산 너머 또 저 구름 밖
아라사의 소문이 자주 들리는 곳.

나는 문득
가로수 스치는 저녁 바람 소리 속에서
여엄 — 염 송아지 부르는 소리를 듣고 멈춰 선다.

향수 고향을 그리워하는 마음이나 시름.

'아라사의 소문'이란 게 뭐지요?

 김기림이 살았던 20세기 초반 무렵에는 러시아를 '아라사'라고 불렀단다. 아마도 시 속의 말하는 이가 살았던 고향은 러시아에서 가까운 북쪽이었 던가 봐.

 그런데 왜 송아지 부르는 소리를 듣고 멈추어 설까요?

 뭔가 거기에 연관된 기억이 있었나 봐요? 뭔가 갑자기 떠오르면 보통 걸음 을 멈추게 되더라고요.

 그럴 것 같구나. 어디선가 들려온 '여엄-염' 하는 소리에 갑자기 고향 생각 에 함빡 젖어든 게지?

저 산 너머 거기다 또 저 구름 밖 머나먼 곳에 '나(화자)'의 고향은 있는 모양. 그렇게 머나멀기에 그리움은 더욱 살뜰해져. 삶이 문득 쓸쓸해지는 저녁 무렵, 누군가가 저의 송아지를 부르는 소리를 듣고 한순간에 '나'의 가라앉아 있던 기억이 확 되살아났나 보다.

기억을 일깨우는 것은 어떤 냄새나 소리 같은 우연한 감각들. 우리가 만지고 겪고 느꼈던 모든 사소한 것들이 먼지처럼 켜켜이 어딘가에 쌓여 있다가 작은 계기들을 만나면 훅 되살아나 우리를 그 순간으로 데리고 가지.

아, 그리워라. 고향은 비록 멀지 않아도, 언제나 우리 마음 안에는 그리운 순간들이 가득 들어 있어. 문득 길 가다 걸음을 멈추고, 시선은 아득해지곤 하네. 그런 순간들 하나하나가 우리들 마음의 고향인 거야.

겨울밤

박용래

잠 이루지 못하는 밤 고향집 마늘밭에 눈은 쌓이리.
잠 이루지 못하는 밤 고향집 추녀 밑 달빛은 쌓이리.
발목을 벗고 물을 건너는 먼 마을.
고향집 마당귀 바람은 잠을 자리.

소곤소곤

이 시 역시 고향에 대한 그리운 마음을 노래하고 있어. '향수'의 말하는 이가 길 가다 문득 멈추어 서서 고향을 생각하듯, 이 시의 말하는 이는 잠 이루지 못하는 밤이면 훌쩍 고향으로 날아가 고향집 마늘밭에 쌓이는 눈과 추녀 밑에 쌓이는 달빛을 생각하지. 지금쯤 그곳 마당에도 여기처럼 사륵사륵 눈이 쌓일까. 그곳 마당귀에도 바람은 고요히 잠을 자고 있을까.

말하는 이의 고향은 그가 있는 곳으로부터 참 먼 곳. 그곳은 발목을 벗고 냇물을 건너서야 가는 먼 마을. 그리 많은 말을 하지 않지만, 시의 빈 구석들 사이마다 아련하고 애틋한 그리움이 담뿍 서려 있는 시야.

시는 감각

와, 정말 대단해요, 샘!

정말 제가 우주선을 타고 날아가는 것 같았어요.

그런데 너희들, 알고 있니? 이런 4차원 입체 영화보다 더 실감나고 재미난 게 있다는 걸!

10차원 입체 영화?

그게 대체 뭐예요?

그건 바로바로, 시!

사람들은 참 대단해.

예전에 공상과학 영화에서나 등장했던 4차원 입체 영화들을

요즘은 아무렇지도 않게 만들어 내고 또 즐기고 있으니 말이야.

영화 속 주인공이 던진 공이 바로 내 눈 앞까지 다가오고,

영화 속에서 갈비를 먹으면 내 코에도 갈비 냄새가 풍겨 나오니,

참 놀라운 일이지.

앞으로 어떤 미래가 올지,

사람들이 또 어떤 것을 만들어낼지

감히 상상하기조차 어려운 그런 시대가 되었어.

그런데 너희 혹시 알고 있니?

아주 짧은 시 한 편을 가지고도 4차원 입체 영상 못지않은

생생한 감각들 속으로 뛰어들 수 있다는 걸 말이야.

자, 입장료 없는 무료 시 영화관으로, 우리 같이 입장해 볼까?

장편 2

김종삼

조선총독부가 있을 때
청계천변 10전 균일 상 밥집 문턱엔
거지 소녀가 거지 장님 어버이를
이끌고 와 서 있었다.
주인 영감이 소리를 질렀으나
태연하였다.

어린 소녀는 어버이의 생일이라고
10전짜리 두 개를 보였다.

장편(掌篇) 손바닥만한 크기의 작품이라는 뜻.
균일상(均一床) 한 가지 종류의 차림으로 싸게 내 놓은 밥상.

거지 아이가 참 기특해요, 샘.

 정말 그러네요. 전 사실 부모님 생신에 밥 사드린 적이 없는데… 부모님은 제 생일엔 늘 맛있는 걸 사 주셨지만 말이에요.

 이번 생신엔 한번 도전해 보지?

 흠흠, 그럼 일단 용돈을 올려달라고 해야겠어요.

 에이구, 내가 정말!

자, 눈앞에 어떤 장면이 떠오르니? 마치 영화 속의 한 장면을 보는 느낌이 들지 않니? 시의 제목인 '장편'처럼 아주 짧은 영화의 단편이지.

이 시는 어떤 광경을 사진 찍듯 관찰하여 우리에게 들려주고 있어. 때는 일제 시대, 웬 거지 소녀가 거지 장님 어버이를 이끌고 와서 서 있어. '옳거니, 구걸하러 온 거야.' 주인 영감은 대뜸 소리부터 질러 대지. '어딜 거지 떼가 와서 남의 식당엘 얼씬거려?' 이렇게 말하지 않았을까? 주인 입장에선 그럴 법도 하지. 밥 먹는 손님들이 불쾌해 할 수도 있을 테니까.

'저런, 어린 나이에 가엾기도 해라.' 말하는 이는 아마도 식당 안에 서거나 혹은 지나는 길에 이 광경을 보고는 이렇게 중얼거렸겠지.

그런데 소녀는 주인 영감이 그렇게 박대를 해 대는데도 태연한 거야. 왜 그럴까? 워낙 구걸을 많이 해 보아서 이런 경험에 익숙해 진 걸까? 좀 뻔뻔한 성격인가?

아하, 그런데 소녀가 손을 내밀어. 그 손에 쥔 건 10전짜리 두 개. 어버이의 생일이라고, 소녀는 또박또박 당차게 말했을 거야. 소녀가 태연할 수 있었던 건, 소녀도 엄연히 손님으로 식당에 찾아왔기 때문이야.

거지 소녀의 20전은 다른 이들이 무시로 밥을 사먹으며 내고 가는 20전과는 전혀 다른 값어치일 거야. 그 돈을 모으려고 추위와 배고

픔을 참고 견디기도 했으리라. 그냥 써 버리면 안 되나. 고민하는 순
간도 있었지만, 각고의 노력과 인내 끝에 마침내 부모님의 생신날 밥
한 끼를 대접해 드릴 수 있는 돈을 모은 거야.

　10전짜리 두 개를 주인 앞에 내어 보이는 그 순간, 소녀의 마음은
어떠했을까!

　이 시에서 말하는 이는 자신의 감정이나 소녀의 마음을 친절하게
이야기해주지 않아. 다만 그 광경을 담담히 전해 줄 뿐이지. 그런데
그 영상을 떠올려 보는 순간, 우리 마음 속엔 말하는 이의 생각들이
고스란히 전해져 오는 거야.

새

김종삼

또 언제 올지 모르는
또 언제 올지 모르는
새 한 마리가 가까이 와 지저귀고 있다.
이 세상에선 들을 수 없는
고운 소리가
천체에 반짝이곤 한다.
나는 인왕산 한 기슭
납작집에 사는 산사람이다.

 생각의 마중물

10전짜리 두 개를 주인 앞에 내어 보이는 그 순간, 소녀의 마음은 어떠했을
까?

바다

윤부현

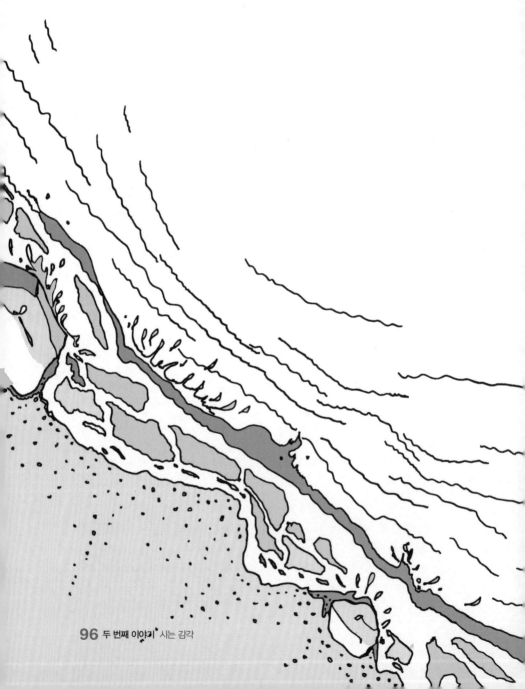

바다는 하늘과 경주하다가 지쳤는지
하늘 끝에 가서 한잠 자고
모래밭 돌아와서는
우우우 우우우
대회 나갔다 이기고 돌아온 선수이듯
두 손 번쩍 치켜들고 점프를 한다.

'바다 녀석, 참 우습지?' 하늘과 경주하러 달려 나갔다가 지쳐서 하늘 끝에 가서 한잠 푹 자놓고는 막상 모래밭에 돌아와서는 으쓱으쓱 잘난 척 하면서 두 손 번쩍 치켜들고 점프를 하는 거야. 그 모양을 가만 떠올려 보면 수평선으로 갈수록 잠잠해지는 모습이란다. 그리고 바닷가에 와서 철썩철썩 큰 파도로 부서지는 모습이 아주 생생하게 그려지지.

이 시를 읽고 난 후에 바닷가에 가면 아마 그 풍경이 조금은 달리 보일 거야. 전에 어떤 시에서는 저 이는 파도를 대회 나갔다 이기고 돌아온 선수라도 되는 양 두 손 번쩍 들고 점프하는 거라고 표현했었지, 라고 생각하게도 되겠지. 하나의 풍경이 새로운 눈으로 보이고, 그렇게 세상을 보는 눈은 점점 다양해지고 민감해질 거야.

어떤 사람들은 머리 위에 촉수를 하나씩 가지고 있지. 좋은 시를 쓰는 시인들은 대부분 이 촉수를 가지고 있어. 촉수를 가지지 못했거나 촉수를 잠재우고 있는 사람들도 있지. 그런 사람들은 '어, 바다로군.' 하고 심드렁히 그 물결을 바라볼 뿐이지. 그런가 하면, 머리 위의 촉수로 세상을 세심하게 어루만지면서 또다른 세상의 결을 알아채는 사람도 있는 거야. 너희들은 어떤 편이니? 혹은 어떤 사람이 되고 싶니?

벼락

이성미

밤하늘을 그어 버리는
노란 손톱 자국

놀란 거인이 쿵쿵거리며 달려 나온다

 생각의 마중물

이 시는 어떤 풍경을 묘사한 걸까? 어떤 점이 재미있니?

꽃가루 속에

이용악

배추밭 이랑을 노오란 배추꽃 이랑을
숨가쁘게 마구 웃으며 달리는 것은
어디서 네가 나즉히 부르기 때문에
배추꽃 속에 살며시 흩어놓은 꽃가루 속에
나두야 숨어서 너를 부르고 싶기 때문에

이거 '사랑 시'이지요, 샘?

 그런 느낌이 확 나지? 아, 나도 이런 마음으로 간질간질 날아오르던 그런 시절이 있었는데.

 흠……. 저도 그런 시절이 있었는데. 유치원 때 제 짝꿍 희연이 때문에 제가 속 좀 앓았거든요.

 어이쿠, 민서는 이미 이 시절을 지났단 말이지?

 흠흠!

 이런 마음……. 알 것도 같고 모를 것도 같아요. 누가 막 좋아지면 이런 마음이 되나요?

 멀지 않은 미래에 곧 알게 되지 않을까. 기다려보렴.

소곤소곤

배추를 심어둔 이랑에 '노오란 배추꽃'이 피었네. 시골에서는 흔히 볼 수 있는 그런 풍경. 그런데 그 풍경을 '나(화자)'는 마구 웃으며 숨 가쁘게 달려가. 내 마음 안에 네가 들어 왔기 때문이지. 네 목소리가 어디선가 자꾸만 자꾸만 들리는 거야. 자꾸만 나를 부르는 것만 같은 거야. 내 마음은 부풀어 올라 펑 터질 것만 같고, 그래서 나는 남이 보면 참 우습다 하겠지만 혼자 웃으며 배추꽃 사이를 달려가지.

그 마음은 말하자면 배추꽃의 노오란 빛깔. 꽃가루 분분이 날리는 이 봄에 나의 마음도 꽃가루처럼 노오란 빛깔이야. 사랑하는 누군가에게 닿고 싶은 그 마음은 아직 수줍어서 꽃가루들 틈에 조용히 숨기지만, 그래도 차마 다 숨기지 못하고 너를 부르는 이 사랑의 마음은 노오란 꽃가루와 같아라.

어때, 시 속에서 달콤한 꽃내음이, 사랑의 내음이 막 풍겨나는 것 같지 않니?

귤 한 개

박경용

귤
한 개가
방을 가득 채운다.

짜릿하고 향긋한
냄새로
물들이고

양지쪽의 화안한
빛으로
물들이고

사르르 군침 도는
맛으로
물들이고

귤
한 개가
방보다 크다.

자그마한 존재의 위력이 이렇게나 크다니 놀랍지? 귤 한 개가 어떻게 방을 가득 채우는지 한번 볼까? 먼저 이 작은 존재는 냄새로 방 전체를 물들여 버려. 짜릿하고 향긋한 이 내음. 한번 맡기만 하면 그야말로 정신이 혼미해져버리지. 그리고 또 빛깔이야. 햇빛을 잔뜩 머금은 금빛의 이 과일은 그 환한 양지의 빛으로 또 방을 물들이네.

이 존재의 맛을 또 빼놓을 수 없지. 보기만 해도 입 안에 사르르 침이 고이네. 아이고, 방보다 크거나 어쨌거나 빨리 먹고 싶을 뿐.

이 시를 잘 읽으려면 코와 눈, 혀를 잘 활용해야 한단다. 어떤 시인이 시는 몸으로 쓴다고 말했었지. 시는 손이나 머리로 쓰는 것이 아니라 온몸을 다 던져 쓰는 거라고 말이야. 시를 읽는 것도 마찬가지지. 시가 전해 주는 온갖 감각의 향연 속으로 스스로 몸을 던져야 하는 거야.

그렇게 시를 읽고 보니 귤 한 개는 방을 가득 채우는 것도 모자라 방보다 무한히 커지고 있어. 상상만으로 다다르는 멋진 시의 세상!

꽃 한 송이

문정희

지난해 흙 속에 묻어둔
까아만 그 꽃씨는 어디로 가 버렸는가

그 자리에 씨앗 대신
꽃 한 송이 피어나

진종일
자릉자릉
종을 울린다

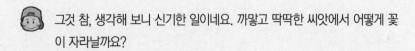
도란도란

그것 참, 생각해 보니 신기한 일이네요. 까맣고 딱딱한 씨앗에서 어떻게 꽃이 자라날까요?

그렇지? 참 신기한 일인데, 너무나 자주 보다 보니 우리는 그게 얼마나 신기한 일인지 까맣게 잊고 살아.

어렸을 때는 늘 감탄을 하며 살았던 것 같아요. '우와, 눈 좀 봐!', '이야, 새가 우네!', '오옷, 꽃이 피었어요!' 하고 말이죠.

그래서 날마다 사는 게 재미나고 즐거웠는데 말이에요. 아, 다시 어린 시절로 돌아가고 싶어라!

시인은 여전히 그 어린 시절의 감탄하는 마음을 간직하고 있는 걸. 시와 가까이 하게 되면 늘 그렇게 어린 시절의 마음으로 살 수 있는 법!

오홋!

우리가 사는 세상이 얼마나 신비한지. 살아 있다는 자체가 얼마나 놀라운 일인지를 우리는 까맣게 잊고 살아가지. 간혹 이렇게 눈 밝고 마음 밝은 순간이 찾아와 잠든 우리들을 흔들어주기 전까지는 말이야. 흙 속에 묻어 두었던 까만 씨앗이 어떻게 이렇게 어여쁜 '꽃 한 송이'가 되었을까. 볼수록 참 신기해라, 어여뻐라.

그 꽃이 놀라워 말하는 이의 마음에는 진종일 자릉자릉 종이 울려. 그건 아마도 듣는 귀가 열린 사람에게만 들리는 선물 같은 종소리. 꽃이 피어난 장면은 눈으로 보았을 테지만, 그 꽃이 있는 힘껏 피어나 '나 여기 있어요, 어때요, 장하지요?' 하고 말하는 존재의 소리는 마음의 귀로 들리는 것. 그 종소리 잠깐도 아니고 진종일, 자릉자릉.

시인들은 이렇게 감각들 사이를 자유로이 옮겨 다니기도 한단다. 눈으로 본 것이 귀로 들리게 되기도 하고, 냄새들의 빛깔을 눈으로 보아내기도 하지. 그렇게 세상은 선명하고 새로워지고, 우리 삶에도 그만큼 생기와 빛깔이 우르르 찾아오게 되지.

3월

오세영

흐르는 계곡물에
귀 기울이면
3월은
겨울옷을 빨래하는 여인네의
방망이질 소리로 오는 것 같다.

만발한 진달래 꽃숲에
귀 기울이면
3월은
운동장에서 뛰노는 아이들의
함성으로 오는 것 같다.

새순을 움틔우는 대지에
귀 기울이면
3월은
아가의 젖 빠는 소리로
오는 것 같다.

아아, 눈부신 태양을 향해
연녹색 잎들이 손짓하는 달, 3월은
그날, 아우내 장터에서 외치던
만세 소리로 오는 것 같다

3월은 어떻게 올까? 말하는 이에게 3월은 소리로 오네. 어디, 귀를 기울여 볼까? 흐르는 계곡 물에 귀를 기울이고, 만발한 진달래 꽃숲에 귀를 기울이고, 생명을 틔우는 대지에 귀를 기울이고, 태양을 향해 손짓하는 연녹색 잎들에 귀를 기울여 보니. 어어, 소리가 들려. '겨울 옷을 빨래하는 여인네의 방망이질 소리', '운동장에서 뛰노는 아이들의 함성', '아가의 젖 빠는 소리' 살아서 움트고, 꿈틀대며 약동하는 것들. 그렇게 3월은 마치 그날, '아우내 장터에서 외치던 만세 소리'처럼 튀어오르고 살아 숨쉬고 있어.

자, 생명의 소리가 들리니? 이렇게 소란하고 시끄러운 3월이 오는 소리를 설마 놓쳐버리고, 사는 것은 아니겠지?

 생각의 마중물

너희들에게 3월은 어떻게 오니? 어떤 소리와 냄새로, 빛깔과 촉감으로 찾아 오니? 한번 생각해 볼까?

비

황인숙

아, 저, 하얀, 무수한, 맨종아리들,
찰박거리는 맨발들.
찰박 찰박 찰박 맨발들.
맨발들. 맨발들. 맨발들.
쉬지 않고 찰박 걷는
티눈 하나 없는
작은 발들.
맨발로 끼어들고 싶게 하는.

제목은 〈비〉인데 정작 시에는 '비 이야기'가 없네요.

 비 고인 길을 맨발로 걸어가고 있나 봐요.

 흠……. 그렇게 생각할 수도 있겠어. 하지만 맨 마지막에 보면 아직 맨발로 걷기 행렬에 끼어들지는 않은 것 같지?

 음, 그렇네요!

맨발들이 찰박거리고 있네. 해솔이 말대로 비 고인 웅덩이쯤을 아이들이 맨발로 걸어가고 있나? 그런데 '찰박 찰박 맨발들'이 계속 등장해. '맨발들, 맨발들, 맨발들' 요 녀석들은 '쉬지 않고, 찰박 찰박 걷고 있네. 티눈 하나 없는 작은 발들'이라네. 아하, 요 맨발들이 바로 '땅 위에 떨어지는 빗방울들'이로구나.

이제 눈앞에 또 4차원 입체 영상 스크린을 펼쳐 보는 거야. 비가 와서 이미 길은 흥건히 젖어 있어. 빗물 위로 또 비가 내려. 거센 비는 아니고 찰박 찰박 부지런히 소리가 나는 정도의 보드라운 비야. 빗방울들이 쉼 없이 규칙적으로 땅 위에 떨어지는데, 말하는 이에겐 그게 마치 아주 작고 깨끗한 맨발들의 찰박거림처럼 보여. 이야, 저 어여쁜 녀석들. 빗방울 떨어지는 모습을 보고 있자니 나도 맨발로 그냥 저 아이들 틈에 끼어들고 싶어지네.

이 시는 소리 내어 읽어보면 더 재미나단다. 찰박 찰박 찰박 비가 내리고, 그걸 또 '맨발들, 맨발들, 맨발들, 맨발들' 이렇게 반복하지. 비가 내리는 모양을 소리로, 그림으로 그려 보이고 있는 거야. 빗방울의 모습에서 맨발을 떠올리는 이런 재미, 이것이 바로 시를 즐기는 기쁨과 묘미지!

말의 힘

황인숙

기분 좋은 말을 생각해 보자.
파랗다. 하얗다. 깨끗하다. 싱그럽다.
신선하다. 짜릿하다. 후련하다.
기분 좋은 말을 소리 내 보자.
시원하다. 달콤하다. 아늑하다. 아이스크림.
얼음. 바람. 아아아. 사랑하는. 소중한. 달린다.
비!
머릿속에 가득 기분 좋은
느낌표를 밟아 보자.
느낌표들을 밟아 보자. 만져 보자. 핥아 보자.
깨물어 보자. 맞아 보자. 터뜨려 보자!

마음이 말을 만들기도 하지만 말이 마음을 만들기도 하는 법. 기분 좋은 말은 기분 좋은 마음을 부르곤 해. 말 속에는 삶이 온전히 담겨 있어서, 그것을 느낄 줄 아는 사람에게는 생생하고 신선한 생의 감각을 선물로 가져다준단다.

자, 말의 느낌들을 온전히 밟아보고, 만져보고, 핥아보고, 깨물어 보고, 맞아보고, 터뜨려 보는 거야. 말하는 이는 온갖 기분 좋은 말들을 떠올려 보네. 파랗고 하얗고 깨끗하고 싱그러운 저 말들, 시원하고 달콤하고, 아늑한 말들, 달리는 말들, 바람의 말들, 그러다가

'비!'

우수수 감각들이 쏟아져 내리고, 느낌표들이 삶에 가득해지는 순간. 그런 느낌이 이 한 편의 시에 담뿍 담겨 있네.

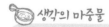 **생각의 마중물**

> 기분 좋은 말들을 떠올려 볼까? 그 말들을 떠올린 순간 어떤 일이 일어나는지?

떨어져도 튀는 공처럼

정현종

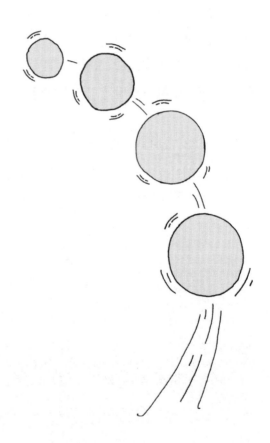

그래 살아봐야지
너도 나도 공이 되어
떨어져도 공이 되어

살아봐야지
쓰러지는 법이 없는 둥근
공처럼, 탄력의 나라 왕자처럼

가볍게 떠올라야지
곧 움직일 준비되어 있는 꼴
둥근 공이 되어

옳지 최선의 꼴
지금의 네 모습처럼
떨어져도 튀어 오르는 공
쓰러지는 법이 없는 공이 되어.

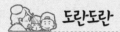 도란도란

 '탄력의 나라 왕자처럼'이라는 구절이 마음에 들어요.

 막 살아야겠다는 의욕이 통통 생겨나는 시예요.

 그래, 살아봐야지. '떨어져도 튀는 공'처럼!

공처럼 생동감 있는 것이 또 있을까? 이리저리 통통거리며 그야말로 떨어져도 그 속도만큼 탄성을 받아 가볍게 튀어 오르는 둥근 공처럼, 우리들도 쓰러지는 법 없이 그렇게 살아가야지. 그래야지.

그런데 떨어져도 쓰러지는 법 없이 통통 튀어 오르는 것, 실은 얼마나 어려운 일인지. 우리는 종종 조그만 충격에도 깊이 쓰러져 오래오래 일어나지 못하기도 하거든. 변하는 게 귀찮아서, 낯선 것을 경험하기가 싫어 그냥 아는 지루함 속에 파묻혀 살기도 하고 말이야. 그래서 실은 사는 일에도 노력이 필요한 모양이야. 무겁고 육중한 것이 되기보다는 가볍고 생기발랄한 것이 되는 것. 그것이 아마 진짜 '살아 있다'고 느끼는 그런 상태일 거야.

그래, 살아봐야지! 너도 나도 공이 되어, '떨어져도 튀어 오르는 공'이 되어.

나는 바퀴를 보면 굴리고 싶어진다

황동규

나는 바퀴를 보면 굴리고 싶어진다.
자전거 유모차 리어카의 바퀴
마차의 바퀴
굴러가는 바퀴도 굴리고 싶어진다.
가쁜 언덕길을 오를 때
자동차 바퀴도 굴리고 싶어진다.

길 속에 모든 것이 안 보이고
보인다. 망가뜨리고 싶은 어린 날도 안 보이고
보이고, 서로 다른 새떼 지저귀던 앞뒤 숲이
보이고 안 보인다. 숨찬 공화국이 안 보이고
보인다. 굴리고 싶어진다, 노점에 쌓여 있는 귤,
옹기점에 엎어져 있는 항아리, 둥그렇게 누워 있는 사람들,
모든 것 떨어지기 전 한번 날으는 길 위로.

바퀴의 속성은 구르는 것. 멈춰 있어서 바퀴가 아직은 제대로 바퀴가 아닌 거야. 자전거의 바퀴이거나 유모차의 바퀴이거나 혹은 리어카의 바퀴이거나, 모든 바퀴들은 굴러야 바퀴인 것.

그런데 바퀴가 굴러야 할 길은 종종 보이다가 안 보이네. 그리 순탄치 않았던 지난날이나, 서로 마음이 안 맞아 달리 지저귀던 새 떼들의 숲도, 숨차게 걸어온 공화국의 역사도 참 보일 듯 안 보이는 길들이지. 바퀴가 제대로 달릴 수 없었던 난관의 길들이었던 것.

노점에 쌓여 있는 귤, 옹기점에 엎어져 있는 항아리, 둥그렇게 누워 있는 사람들은 둥그런 것들이기에 구를 수 있는 데도 가만히 멈추어 있는 것들. 혹은 어쩔 수 없이 못 구르고 있는 것들.

이 모든 것들이 영영 못 구르는 나락으로 떨어지기 전에, 자, 바퀴를 굴리는 거야. 저 길이 훨훨 날아오르도록 그 위로 신나게 이 생을 굴리고, 이 시대를 굴리고, 그래서 한순간 한순간 온전히 살아 있도록 말이야.

초록색 속도

김광규

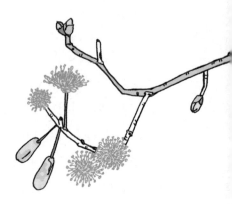

이른 봄 어느 날인가
소리 없이 새싹 돋아나고
산수유 노란 꽃 움트고
목련 꽃망울 부풀며
연녹색 샘물이 솟아오릅니다
까닭 없이 가슴이 두근거리며
갑자기 바빠집니다
단숨에 온 땅을 물들이는
이 초록색 속도
빛보다 빠르지 않습니까

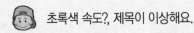
초록색 속도?, 제목이 이상해요.

초록으로 물드는 봄을 노래한 것 아닐까?

맞아, 세상을 물 들이는 속도.

'샘물'도 난데없이 나타났어요.

뭘 표현하는 걸까?

새싹 아닐까요?

맞았어!

그럼 누런색 속도는 바로 그것?

어이구, 미쳐.

　신비롭고 경이롭고 놀랍고……. 이런 말들로도 도무지 설명이 안 되는 것이 자연의 섭리. 이른 봄 어느 날, 다 죽어버린 것만 같던 황량한 땅에 새싹이 돋아나고, 산수유 노란 꽃이 움트고, 목련 꽃망울이 부풀며, 연녹색 샘물이 솟아나네. 신기한 일이지? 저 연약한 연둣빛의 말랑거리는 것이 어떻게 언 땅을 뚫고 밖으로 솟아나왔을까? 저 딱딱한 고동색 나뭇가지의 어느 속에 저렇게 예쁜 꽃망울들이 숨어 있었던 것일까?

　바깥세상만 변하는 것이 아니야. 내 마음에도 어느새 초록색 봄 물결이 밀고 들어왔어. 까닭 없이 가슴이 두근거리고, 발걸음이 바빠지고, 삶에 대한 의욕으로 충천해지지. 그것이 바로 봄. 초록색 속도로 밀려와 단숨에 온 땅을 물들이는 마법의 힘.

　시가 전해 주는 새싹과 꽃망울들과 샘물의 빛깔과 내음, 소리를 깊은 숨으로 들이켜 보렴. 지금이 무슨 계절이건 어느 새 우리 마음은 봄 물결로 온통 초록빛이 될 테니.

봄은 고양이로다

이장희

꽃가루와 같이 부드러운 고양이의 털에
고운 봄의 향기가 어리우도다.

금방울과 같이 호동그란 고양이의 눈에
미친 봄의 불길이 흐르도다.

고요히 다물은 고양이의 입술에
포근한 봄의 졸음이 떠돌아라.

날카롭게 쭉 뻗은 고양이의 수염에
푸른 봄의 생기가 뛰놀아라.

소곤소곤

　이번에도 역시 봄 노래. 그런데 이 시는 〈초록색 속도〉와는 또 다른 방식으로 봄의 감각을 일깨워주고 있어. '봄은 고양이'라니? 제목부터 호기심을 불러일으키지. 봄이 왜 고양이일까?

　지금은 막 모든 것이 생기로워지는 봄. 말하는 이의 눈앞엔 고양이가 한 마리 앉아 있어. 이 녀석 약간 오만한 자세로 앉아 있는가? 말하는 이는 이 고양이의 모습이 봄과 닮았다고 느끼고 있어. 꽃가루처럼 부드러운 고양이의 털에 고운 봄의 향기가 있네. 동그라니 크게 열린 고양이 눈에 봄의 불길이 흐르고, 고요히 다문 고양이 입술엔 봄의 졸음이 떠도네. 날카롭게 쭉 뻗은 고양이의 수염엔 푸른 빛깔 봄의 생기가 어려 있어. 그러니 봐. 봄은 고양이인 것 아니야?

　시란 서로 다른 것들 사이에서 참말 그런 것 같은 '공통점을 찾아내는 것', '새롭고 참신한 연결 짓기' 그렇게 잠들어 있던 감각을 깨우고 세상의 새로운 면모를 우리에게 보여주는 것. 그것이 바로 시의 고마운 미덕이란다.

 생각의 마중물

> 다음 빈 칸을 자신만의 상상으로 채워볼까?
>
> 봄은 (　　　　　)로다. 왜냐하면 봄은 (
>
> 　　　　　　　　　　　　　　　)하니까.

달 내놓아라
달 내놓아라

황상순

소나기 그친 뒤
장독대 빈 독 속에 달이 들었다.
찰랑찰랑 달 하나 가득한 독
어디 숨어 있다 떼지어 나온 개구리들
달 내놓아라 달 내놓아라
밤새 아우성이다.

소나기가 그친 뒤에 보니 장독대의 빈 독에 빗물이 고였네. 그 물에 달이 하나 들어 찰랑찰랑. 개구리들이 독에 빠진 그 달을 내놓으라며 밤새도록 아우성.

소나기가 내리고 나면 세상이 그야말로 막 씻긴 오이처럼 청신하고 싱그러워지지. 어둠 속에선 개구리 울음이 한창. 그런 어느 밤의 느낌을 시인은 이렇게 간결하고 재미난 시로 그려 보이고 있어. 소나기 한바탕 시원하게 내린 후에 보니. 어라, 장독대의 빈 독 안에 달이 쏙 들어가 있는 거야. 여기서부터 재미난 시상은 시작이 돼. 개구리들이 설마 달을 내놓으라고 아우성이었을까만은, 말하는 이의 귀에는 그게 그렇게 들리는 가 봐.

소설이 자기를 세상 속으로 밀어 넣는 것이라면 시는 세상을 '자기화'하는 것이래. 자신의 눈과 느낌으로 세상을 다시금 만들어. 그래서 달은 말하는 이의 집 장독에 쏙 들어가게 되고, 개구리들은 또 그 달을 내놓으라고 아우성이야.

달·포도·잎사귀

장만영

순이, 벌레 우는 고풍한 뜰에
달빛이 밀물처럼 밀려 왔구나.

달은 나의 뜰에 고요히 앉아 있다.
달은 과일보다 향그럽다.

동해 바다 물처럼
푸른
가을
밤

포도는 달빛이 스며 고웁다.
포도는 달빛을 머금고 익는다.

순이 포도덩굴 밑에 어린 잎새들이
달빛에 젖어 호젓하구나.

이번엔 달밤, 달빛이 밀물처럼 밀려 온 달밤이야. 달이 뜰에 고요히 앉아 있다니, 이런 표현 참말 멋지다. 달이 과일보다 향그럽다니, 이건 또 어찌된 일일까?

또 이 밤은 동해 바다 물처럼 푸른 가을 밤. 말하는 이는 그야말로 달밤의 정경에 푹 젖어 있어. 한 줄 한 줄 행을 갈아가며 쓴 '동해 바다 물처럼/ 푸른/ 가을/ 밤'이라는 표현을 소리 내어 읽어 보면 그런 느낌이 더욱 잘 살아난단다. 그 가을 밤 달빛 아래 포도가 익어가네, 그 포도 알알 하나하나는 달빛을 머금어 영그는 거야.

이런 밤이면 그야말로 마음이 일렁일렁거려. 누군가를 호젓하니 불러 세워 이 마음을 함께 나누고 싶어지지. 순이든 선이든, 누구라도 좋아라. 이 '달밤처럼 곱고 향그러운 이'라면.

느낌

이성복

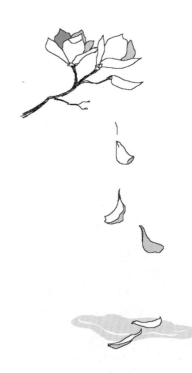

느낌은 어떻게 오는가
꽃나무에 처음 꽃이 필 때
느낌은 그렇게 오는가
꽃나무에 처음 꽃이 질 때
느낌은 그렇게 지는가

종이 위에 물방울이
한참을 마르지 않다가
물방울 사라진 자리에
얼룩이 지고 비틀려
지워지지 않는 흔적이 있다

꽃나무에 처음 꽃이 필 때를 생각해 볼까? 긴 겨울을 견디고 난 딱딱한 나뭇가지를 뚫고 연둣빛 잎이 나더니. 잎이 진 자리에 꽃이 피어. 첫 꽃이 피기 시작하면 이내 꽃나무 전체가 꽃다발이 되지.

오, 신기해라. 놀라워라, 경이로워라. 꽃이 핀 나무를 보니 내 마음에 등불이 켜지고, 내 삶에 온통 꽃나무가 가득 들어차네. 간질간질 무언가가 내 마음의 뿌리를 건드리지. 온몸이 진동하고, 굳었던 몸이 하늘하늘 가벼워지네. 세상과 내가 조금은 더 친해진 듯한, 세상이 살 만한 것 같다는 그런 마음이야. '느낌'이란 그런 게 아닐까?

그런데 꽃이 영원히 피어 있을 수는 없는 일. 처음 꽃이 지는 순간이 있을 거야. 그 순간 역시 뭔가 마음을 툭 치고 지나가지. 아련하고 아쉽고 서글퍼. 그런데 한편으로 아름답기도 하고, 그것 역시 아주 소중한 삶의 한 조각이기도 한, 그런 경험.

우리 마음엔 쉼 없이 이런 느낌들이 왔다가 가곤 한단다. 그런데 물방울 같은 그 느낌들은 그냥 스쳐 지나가는 것이 아니라 종이 위에 물방울이 남긴 흔적처럼 지워지지 않는 자취를 남기곤 해. 그 무수한 흔적들이 바로 우리 자신을 만드는 것이겠지.

너희들은 이제까지 어떤 느낌들을 맞이하고, 또 떠나보냈니? 마음을 열고, 느낌들이 올 때마다 그 아이들을 꼭 안아주어 보렴. 그리고 그 아이들이 남기고 간 흔적을 기쁘게 품어 안으렴. 그런 사람에게는 생이 지루할 틈도 권태로울 틈도 없을 거야.

처음 안 일

박두순

지하철 보도 계단 맨바닥에
손 내밀고 엎드린
거지 아저씨
손이 텅 비어 있었다.
비 오는 날에도
빗방울 하나 움켜쥐지 못한
나뭇잎들의 손처럼

동전 하나 놓아 줄까
망설이다 망설이다
그냥 지나가고,

내내
무얼 잊어버린 듯…….
집에 와서야
가슴이 비어 있음을 알았다.
거지 아저씨의 손처럼

마음 한 귀퉁이
잘라 주기가 어려운 걸
처음 알았다.

지하도 계단에 엎드린 거지 아저씨의 텅 빈 손. 말하는 이는 그 아저씨의 손이 안쓰러워 보여. 마치, 비오는 날에도 빗방울 하나 움켜쥐지 못한 나뭇잎들의 손 같다고 생각하지. 동전을 하나 놓아 줄까? 아, 어쩌지? 말하는 이는 조금 쑥스럽기도 했을 거야. 무언가를 나누어 준다는 것이 선뜻 쉽게 되질 않아 망설여졌을 테고 말이지.

망설이다 망설이다 그냥 지나쳐 왔는데, 나의 마음이 영 이상해. 어쩐지 허전하고, 후회스럽고, 찝찝한 마음. 어어, 거지 아저씨의 텅 빈 손 같네. 그리고 말하는 이는 마음 한 귀퉁이 잘라 주기가 쉽지 않은 일이라는 것을 처음 알게 되네.

마음이란 참 이상하지? 내 마음을 가장 잘 모르겠는 것은 바로 나로구나. 이 마음을 어째야 할지, 도무지 알 수가 없는 기로의 순간들을 우리는 삶에서 종종 만나게 되지. 이것이 대체 무엇인지, 왜 그런 것인지를 곰곰 살필 줄 아는 지혜로운 이. 그 켜켜이 속내들을 잘 들추어볼 줄 아는 이는 제 마음을 속이지 않고, 제 마음에 휘둘리지 않고 살아갈 수 있게 될 거야.

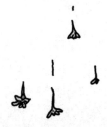

시는
노래

시는 본래 노래에서 시작되었단다.

시와 노래는 아주아주 가까운 형제지간이지.

무엇보다도 시와 노래에는

마음을 쿵쿵 울리면서 저절로 몸을 건들건들 움직이게 하는

'리듬'이라는 공통점이 있거든.

시에서는 보통 그걸 '운율'이라고 하지.

그래서 시는 소리 내어 읽어보아야 제 맛이 나는 법.

이번엔 시 속에 숨어 있는 노래들을 찾으러 가 보자!

풀잎

박성룡

풀잎은
퍽도 아름다운 이름을 가졌어요
우리가 '풀잎' 하고 그를 부를 때는,
우리들의 입 속에서는 푸른 휘파람 소리가 나거든요.

바람이 부는 날의 풀잎들은
왜 저리 몸을 흔들까요.
소나기 오는 날의 풀잎들은
왜 저리 몸을 통통거릴까요.

그러나 풀잎은
퍽도 아름다운 이름을 가졌어요.
우리가 '풀잎', '풀잎' 하고 자꾸 부르면,
우리의 몸과 마음도 어느덧
푸른 풀잎이 돼 버리거든요.

시를 읽고 나니까 저도 모르게 풀잎, 풀잎 하고 입으로 중얼거려보게 돼요.

풀잎, 풀잎, 풀잎. 와, 진짜 휘파람 소리가 나네요.

정말 시인의 말대로 아름다운 이름이지?

그런데 왜 휘파람 소리가 푸르다고 했을까요? 휘파람은 눈에 보이질 않는데.

휘파람 소리의 느낌을 색으로 표현한다면 푸른색일 것 같아.

흠, 그럴 듯하네. 오, 그런데 '푸른'이라는 말도 입으로 말해 보면 휘파람 소리가 나요. 푸른 휘파람, 푸른 휘파람…….

그래. 어딘지 서로 닮은 말들이지?

　풀잎은 마치 열 몇 살 무렵의 너희들같이, 생기 넘치고 어여쁜 존재. 불러 보면 휘파람 소리가 나는 멋진 이름을 가진 존재야. 이 아이들은 바람이 부는 날엔 신나게 몸을 흔들고, 소나기 오는 날엔 또 쉬지 않고 몸을 통통거리지.

　그런데 재미있는 것이 보이네. 우리는 보통 '바람에 풀잎이 흔들린다.'고 표현하지, '바람이 불자 풀잎이 몸을 흔든다'고는 하지 않지. 소나기가 오면 풀잎들이 통통 흔들리는 것이지, 풀잎들이 몸을 통통거리는 것은 또 아니라고 생각해. 그런데 이 시에서는 풀잎이 주인이야. 바람이 불자 제가 스스로 몸을 흔들고, 빗줄기가 쏴아 떨어지니까. 제가 스스로 몸을 통통거리는 것이거든. 시가 그려내고 있는 풀잎의 모습을 한 번 상상해 보렴. 풀잎의 생기발랄한 기운이 그냥 막 느껴져 오지 않니?

　풀잎은 이런 생기와 푸른 생명력을 우리에게까지 나누어주는 존재. 풀잎, 풀잎 하고 자꾸 부르다 보면 우리의 몸과 마음도 풀잎처럼 푸르러질 것 같지? 그렇게 푸른 풀잎이 되어버린 사람은 아침에 일어날 때 '아, 또 지겨운 아침이야.' 하고 이불을 푹 뒤집어쓰는 것이 아니라. '오늘은 또 무슨 일이 일어날까?' 하고 반짝반짝 눈을 빛내지 않을까? 날마다 두근두근 제 생을 사랑하게 되지 않을까? 저 어여쁜 풀잎들이 그러하듯이.

　이 시는 소리 내어 읽어 보아야 제 맛을 알 수 있단다. '풀잎'이라는 단어 자체가 가지는 싱그러운 느낌에다 비슷한 느낌의 '푸른', '휘파람' 같은 단어들이 여러 번 반복되고, 부드럽고 다정한 '하거든요', '할까요' 같은 어미들이 계속 등장하면서, 이 시 전체에 명랑하고 밝은 리듬을 만들어 내고 있거든. 시를 소리 내어 읽고 나면 그야말로 우리의 몸과 마음이 어느덧 푸른 풀잎이 되어버린 것만 같은 기분이 들지. 시가 말하고자 하는 것과 시를 읽을 때 그 소리가 주는 느낌이 어쩌면 이렇게 잘 맞아떨어질까? 그래서 시는 눈으로 오는 것이 아니라 몸으로 오는 것. 좋은 노래가 보통 그러하듯이.

하늘

박두진

하늘이 내게로 온다.
여릿여릿
머얼리서 온다.

하늘은, 머얼리서 오는 하늘은
호수처럼 푸르다.
호수처럼 푸른 하늘에,
내가 안긴다. 온몸이 안긴다.

가슴으로, 가슴으로,
스미어드는 하늘,
향기로운 하늘의 호흡.

따가운 볕,
초가을 햇볕으론
목을 씻고,

나는 하늘을 마신다.
자꾸 목말라 마신다.

마시는 하늘에
내가 익는다.
능금처럼 내 마음이 익는다.

푸른 가을 하늘을 보면 '아, 좋다. 참 좋다!' 하고 절로 감탄이 나올 때가 있지. '좋다'라는 말로는 그 좋은 마음을 표현하기에 너무나 부족한 것 같은 기분이 들 때. 이 시를 읽어 보면 '그래, 바로 이런 얘기를 하고 싶었어.' 라고 생각하게 된단다.

'가을 하늘은 가슴으로, 가슴으로 스미어 오고, 그 호흡은 향기롭기도 하여라.' 목마른 나는 자꾸만 하늘을 마시고, 그러다 내가 마신 가을 하늘에 내 마음은 능금처럼 익어갈 것만 같아라. 가을 하늘을 올려다보며 느끼는 행복한 마음을 이렇게도 잘 표현할 수 있네.

가만가만 소리 내어 읽어보면 그 느낌이 더욱 잘 살아난단다. '여릿여릿 머얼리서' 하늘은 내게 다가오지. 숨을 천천히 들이쉬며 아득한 시선을 멀리 던지는 누군가의 마음이 짧게 끊어지는 시행들을 따라 읽어갈 때마다 전해져 오네.

오늘 하루, 한 번쯤 하늘을 올려다보았니? 자, 가슴을 활짝 열고 숨을 들이켜 봐. 하늘의 향기와 그 맑고 푸른 정기가 몸 속 가득 흘러들어 오도록 말이야.

돌담에 속삭이는 햇발

김영랑

돌담에 속삭이는 햇발같이
풀 아래 웃음 짓는 샘물같이
내 마음 고요히 고운 봄 길 위에
오늘 하루 하늘을 우러르고 싶다.

새악시 볼에 떠오는 부끄럼같이
시의 가슴에 살포시 젖는 물결같이
보드레한 에메랄드 얇게 흐르는
실비단 하늘을 바라보고 싶다.

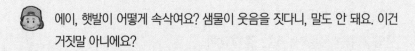

에이, 햇발이 어떻게 속삭여요? 샘물이 웃음을 짓다니, 말도 안 돼요. 이건 거짓말 아니에요?

전 알 것 같아요. 샘, 햇볕이 돌담 위에 따스하게 내리쬐고 있는 걸 보니. 꼭 햇볕이 돌담에게 뭐라고 소곤소곤 말을 거는 것 같아 보였던 거 아닐까요?

쳇, 그럼 샘물이 웃음 짓는 건 대체 뭐래?

봄이 오고, 날이 풀리니 샘물도 얼었다가 녹은 것 아닐까? 새로 돋아난 풀들을 촉촉이 적셔줄 수 있게 되었으니 샘물도 흐뭇한 마음이었겠지?

시 속엔 봄이 한 가득 와 있네. 어디 시 속 봄으로 함께 들어갈 볼까나?

햇발은 돌담 위에 따스하게 내리쪼이고, 풀 아래 샘물은 봄바람을 맞아 살랑살랑 물결 무늬를 그리고 있네. 마치 속삭이는 것처럼, 마치 웃고 있는 것처럼 말이야. 아, 따사로워라. 평화로워라. 오늘 하루는 그저, 다른 일은 아무 것도 생각 말고 이 봄 속에 젖어 있고 싶어라. 말하는 이의 마음은 벌써 봄 기운으로 가득 찼네. 말하는 이는 이 봄길 위에서 봄을 한껏 심호흡하고 있어. 그리고 행복한 마음으로 봄 하늘을 우러러보네. 그리고 그 하늘은 말이야. 얇고 부드러운 에메랄드 빛의 실비단 같은 하늘이야. 만지면 찢어질 듯 가녀리고 어여쁜 하늘이지. '나(화자)'는 그 하늘을 봄의 마음을 가지고 바라보고 싶다고 해.

봄의 마음은 여름이나 가을, 겨울의 마음과 다를 거야. 여름이 격정과 정열로 이글이글 타오르는 마음이라면 가을은 차분하고 사색적인 마음일 거고, 겨울은 단단하고 굳은 그런 마음이겠지. 봄의 마음을 마치 비유하자면 '새악시 볼에 떠오는 부끄럼' 같은 거야. 갓 시집온 어여쁜 새색시의 볼에 떠오는 '부끄럼'은 수줍고 어여쁜 빛깔이겠지? 가만가만 조용조용 물드는 그런 색깔. 또 봄의 마음은 '시의 가슴에 살포시 젖는 물결' 같은 마음이야.

'시의 가슴'이란 아마도 시적인 정서를 느낄 줄 아는 그런 이의 가

습일 거야. 그이의 가슴에 무언가가 살포시 물결처럼 가 닿았네. 그리고 슬며시 젖어드는 거야. 그렇게 가만가만 섬세하고 보드라운 마음으로, 오늘은 저 하늘을 마음껏 바라보고 싶어라. 속삭이는 햇발같이, 웃음 짓는 샘물같이, 새악시 볼의 부끄럼같이, 시의 가슴의 물결같이 다사롭고 어여쁜 이 봄의 마음을 닮고 싶어라. 이 봄 같은 세상에서 언제나 평화롭게 다사롭게 살고 싶어라.

어쩌면 시 속의 이 사람은 마음껏 하늘을 바라보며, 봄 향기에 젖어들 수 없는 상황인지도 몰라. 그래서 이렇게 간절히 두 번씩이나 저 하늘을 우러르고 싶다고, 이야기하는 것일까? 그 하늘은 우리들 마음 안에 이고 사는 '소망의 하늘' 같은 것은 아닐까?

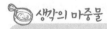 생각의 마중물

김영랑의 시에 담긴 소망은 어떤 것이며, 시인은 어떤 세상을 꿈꾸었을까?

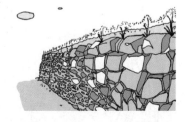

감자꽃

권태응

자주 꽃 핀 건 자주 감자,
파 보나 마나 자주 감자.

하얀 꽃 핀 건 하얀 감자,
파 보나 마나 하얀 감자.

소곤소곤

읽어보나 마나, 말하나 마나 정말로 그렇단다. '자주 꽃 핀 감자는 파 보나 마나 자주 감자고, 흰 꽃 핀 감자는 파 보나 마나 흰 감자.' '하령'이라는 품종의 감자는 흰 꽃을 피우고, '홍영'과 '자영' 품종은 연보라 꽃을 피우지.

아마 너희들 중에는 감자 꽃을 본 적이 없는 친구들도 있을 거야. '감자도 꽃을 피워요?' 하고 깜짝 놀라는 친구들도 있을지 몰라. 감자 꽃을 보고, 감자를 키워 본 사람이라면 누구나 알고 있는 간명한 사실을, 시인은 이렇게 시로 옮기고 있어.

그런데 그 분명한 사실이 어쩐지 마음에 와 닿지? 그 단순하고 당연한 인과 속에 자연의 섭리나 법칙이 숨어 있다는 걸 느끼게 되기도 하고 말이야. 낮이 지나면 밤이 오지. 꽃이 지고 나면 그 자리에 잎이 생겨나고, 겨울이 가고 나면 여름이 와. 자주 꽃 핀 자리는 파 보나 마나 자주 감자가 웅크리고 앉은 것처럼. 그렇게 자연은 정직하고, 단순하지. 어어. 이것 봐라. 대부분의 사람들이 당연하다고 여기고 그냥 지나치는 사소한 이야기가 시로 옮겨지니 반짝 보석이 되었네. 이런 게 바로 '시의 힘'일까?

생각의 마중물

권태응 시인은 일제시대 때 항일 운동을 하다가 여러 차례 감옥에 갇히기도 했어. 그래서 이 시 역시 '항일시'로 보기도 하지. 이 시를 그런 맥락 속에서 다시 읽어본다면 어떤 의미를 끄집어낼 수 있을까?

개화

이호우

꽃이 피네, 한 잎 한 잎.
한 하늘이 열리고 있네.

마침내 남은 한 잎이
마지막 떨고 있는 고비.

바람도 햇볕도 숨을 죽이네.
나도 가만 눈을 감네.

저 이 시의 제목이 무슨 뜻인지 알겠어요. 열 개(開)에 꽃 화(花), 꽃이 열린 다는 뜻이죠?

그래, 맞아. 꽃이 피어나는 걸 '개화'라고 하지. 혹시 꽃 피는 순간을 본 적 있니?

아니요. 꽃은 그냥 피어 있거나 아니면 피어 있지 않거나, 둘 중 하나던 데요.

그래. 보통 그렇지. 막 꽃이 피어나는 그 순간은 금방 지나가버려 놓치기 쉬운데 말이야. 이 시인은 그 순간을 꽉 움켜잡았네.

흠, 그 순간 바로 이 시가 태어났군요?

그래, 맞아!

우연히 그 순간과 마주친 거야. 꽃이 막 피어나는 순간. 꽃은 한 잎, 한 잎, 아주 천천히 오래오래 피어나고 있어. 이전에 없던 것이 새로 생겨나는 일인데, 그리 쉽게 될 리가 없어. 견디기 어렵고 힘겨운 고통의 과정을 거쳐야만 꽃은 새로 세상에 올 수 있을 거야.

　그리고 드디어 마지막 한 잎. 꽃잎은 바르르 떨면서 탄생의 마지막 단계를 겪어내고 있어. 이 신성하고 경건한 순간, 온 세상이 꽃의 탄생을 주목하며 함께 떨고 있네. 바람도 햇볕도 숨을 죽이고, 나도 그 긴장을 참지 못하고 가만 눈을 감아 버리지.

　생각해 보면, 아 참, 얼마나 신비로운 일인지. 우리들은 모두 어디서부터 왔을까? 깜깜한 저 어둠 어디선가 생명의 씨앗이 날아왔을까? 세상에 던져져 뭇 생명들과 만나 살아간다는 것이, 생명이 피어나고 또 지고 하면서 이 우주가 존재한다는 것 자체가 얼마나 놀라운 일인지. 우리는 종종 그냥 잊고 살아가고 있어. 이런 탄생의 순간과 운 좋게 만날 때나 잠시, 그 신비로움에 눈을 크게 뜨게 돼.

제비꽃에 대하여

안도현

제비꽃을 알아도 봄은 오고
제비꽃을 몰라도 봄은 간다

제비꽃에 대해 알기 위해서
따로 책을 뒤적여 공부할 필요는 없지

연인과 들길을 걸을 때 잊지 않는다면
발견할 수 있을 거야

그래, 허리를 낮출 줄 아는 사람에게만
보이는 거야 자줏빛이지

자줏빛을 톡 한번 건드려봐
흔들리지? 그건 관심이 있다는 뜻이야

사랑이란 그런 거야
사랑이란 그런 거야

봄은,
제비꽃을 모르는 사람을 기억하지 않지만

제비꽃을 아는 사람 앞으로는
그냥 가는 법이 없단다

그 사람 앞에는
제비꽃 한포기를 피워두고 가거든

참 이상하지?
해마다 잊지 않고 피워두고 가거든

제비꽃을 본 적 있니? 본 적이 없다고? 제비꽃을 알아도 봄은 오고, 제비꽃을 몰라도 봄은 오지. 그야 당연한 일. 그런데 제비꽃을 아는 사람에게는 이상하게도 해마다 봄이 그 사람 앞에 자줏빛 제비꽃 한 송이를 피워 놓고 간다니. 그것 참 신기하지?

실은 누구에게나 공평하게 봄은 제비꽃 한 송이씩을 피워 놓고 가는 걸 거야. 그런데 어떤 이는 그걸 발견하고, 어떤 이를 발견하지 못하는 게지. 제비꽃을 보는 사람과 그렇지 않은 사람의 차이는 뭘까?

시인은 그게 '사랑'이라고 말하고 있어. 사랑이란 그런 거야. 허리를 낮추고 꽃을 바라볼 줄 알고, 기꺼이 그 시선을 마주하며 몸을 흔들어 주는 것. 그렇게 서로 눈이 맞는 것!

'사랑하면 알게 되고, 알면 보이나니 그때에 보이는 것은 전과 같지 않으리라.'

조선 정조 때 유한전이라는 사람이 남긴 글이란다. 유홍준의 『나의 문화 유산 답사기』에 인용되어 많이 알려졌지. 무언가를 사랑하게 된다는 건, 그 존재가 내 눈 안에 들어와 콱 박히는 것. 어떤 존재를 새로이 발견하게 되고, 그렇게 사랑이 시작하면 세상은 이전과 다른 색깔과 향기를 띠게 되겠지.

자, 이번 봄엔 허리를 굽혀 제비꽃을 찾아보는 거야.

무수한 자줏빛 꽃들이 '왜 이제야 보아 주는 거야!'하고 아우성치며 손을 흔들어 댈 거야. 그럴 때면 너희도 오래오래 그 아이들과 눈을 맞추며 마주 앉아 보렴. 그때 보이는 것은 전과 같지 않을 테니.

엄마야 누나야

김소월

엄마야 누나야, 강변 살자.
뜰에는 반짝이는 금모래 빛,
뒷문 밖에는 갈잎의 노래,
엄마야 누나야, 강변 살자.

엄마야 누나야

김소월 작사
김광수 작곡

엄 마 - 야 누 - 나 야 강변살 - 자

뜰 - 에 는 반짝이는 금 - 모래 빛

뒷 - 문 밖 에 는 갈 - 잎 의 노 - - 래

엄 마 야 누 나 야 강 변 살 - 자

"그렇다면 먼저 노래부터 함께 불러 볼까?"

시 속에는 한 아이가 있어. 어머님, 누님, 하고 제 가족을 부르는 다 자란 어른이 아니라 '엄마야, 누나야' 하고 유아들의 말을 사용하는 어린아이야. 아이는 엄마와 누나에게 뭔가 부탁하고 있네. 아이의 소망은 강변에 살고 싶다는 거야.

아이는 왜 강변에 살고 싶어 할까? 아이가 그린 강변이 어떤 곳인지 상상해 보면 그 이유를 짐작할 수 있겠지? 아이의 강변엔 금모래 빛의 뜰이 있고, 뒷문을 열고 나가면 갈댓잎의 노래가 스걱스걱 들리지. 별달리 휘황한 곳도 아니야. 웅장한 장관이 펼쳐진 세계도 아니지. 그저 다만, 금빛의 모래가 있고, 갈댓잎 소리가 들리는 곳. 소박하고, 평화롭고, 깨끗한 곳이지.

아마도 아이는 지금 강변에 살고 있지 않은 모양이야. 사람들은 제가 살고 있는 곳에서 뭔가 부족한 것을 느끼면 으레 다른 장소나 다른 삶을 꿈꾸게 돼. 그 꿈은 때로 자기 삶을 견디게도 해 주고, 더 나은 삶을 향해 나아가는 힘이 되게 해 주기도 하지. 그걸 우리는 '희망'이라고도 부르고, '이상'이라고도 부른단다. 아이에게 강변은 아마 그런 곳일 거야.

아이의 소망은 꽤 간절해 보여. 앞에서도 한 번, 뒤에서도 한 번 반복되고 있네. 그러면서 이런 반복은 '콩콩콩' 운율을 만들어 내지. 운율은 대개 비슷한 것들을 반복하면서 만들어지거든. 가만 가만 시를 읽어 보렴. 뭔가 규칙적인 것이 또 느껴지지? 그래, 그래. 세 마디씩 하나로 묶인 것들이 계속 반복되고 있어. 빗금 친 곳에서 한 번씩 쉬어 가며 이 시를 읽어 보렴.

'엄마야 /누나야 /강변 살자', '뜰에는 /반짝이는/ 금모래 빛', '뒷문/ 밖에는 /갈잎의 노래', '엄마야 /누나야 /강변 살자'

멜로디가 있으면 더욱 분위기가 잘 살려지긴 하지만, 멜로디가 없이도 시는 그 자체로 이미 노래지. 시는 읽는 순간 읽는 이의 마음에서 리듬으로 울려 퍼지면서 제 나름의 멜로디를 스스로 만들어내는 거야. 그 멜로디는 시를 듣는 귀를 가진 사람에게 더욱 선명하고 깊게 들려온단다. 어때. 시의 멜로디가 들려오는 것 같니?

가는 길

김소월

그립다
말을 할까
하니 그리워

그냥 갈까
그래도
다시 더 한 번……

저 산에도 까마귀, 들에 까마귀,
서산에는 해 진다고
지저귑니다.

앞강물 뒷강물
흐르는 물은
어서 따라오라고 따라가자고
흘러도 연달아 흐릅디다려.

이 시도 입으로 소리 내어 읽어보니까 규칙적인 리듬이 있네요.

 정말! 어쩐지 꼭 세 번씩 끊어 읽고 또 길게 쉬면서 읽게 돼요.

 그렇지? 그걸 세 번 끊어 읽는다고 해서 3음보라고 해.

 음보가 뭔가요, 샘?

 한 번 호흡할 때 말할 수 있는 길이 정도의 소리 단위지. 쉽게 말하면 한 걸음 걸으면서 말할 수 있는 정도의 길이가 한 음보란다.

 그럼 3음보는 세 걸음 걸으면서 말하다가 잠깐 쉬고, 또 세 걸음 걸으면서 말하고 하는 거네요?

 맞아!

아마도 시 속의 말하는 이는 어디론가 떠나야만 하는 상황인가 봐. 사랑하는 이를 뒤에 남겨두고서 말이야. 그리고 이제, 차마 떨어지지 않는 발걸음을 옮기고 있어.

그립다고, 네가 그리울 거라고 마지막 인사라도 해 볼까? 그렇게 마음을 먹는 순간, 벌써부터 그이가 마구마구 그리워지네. 에잇, 모르겠다. 어차피 이별은 해야 하는 상황, 그냥 휙 하니 한 번에 가버리는 거야. 그렇게 마음먹고 발걸음을 옮기려다가도 한 번만 더, 한 번만 더 하면서 말하는 이는 머뭇머뭇 뒤를 돌아보지. 아무래도 이 사람은 쉽게 떠날 수가 없는 모양이야.

그런데 이렇게 망설이는 내 마음을 몰라준 채, 저 산에 저 들에 까마귀는 까악까악 울어 대. 그 소리가 마치 '뭐해? 곧 해가 지는데. 어서 가자고!'라며 재촉하는 소리처럼 들리네. 앞으로 앞으로 흘러 나가는 물 역시 '봐, 어쩔 수 없는 거야. 나처럼 이렇게 연이어 연이어 흘러가야 하는 거야. 물을 거꾸로 흐르게 할 도리 있어? 어서 가자고.' 하며 내 팔을 잡아끌고 있어.

헤어짐은 운명이고 순리이고, 어쩔 수 없이 따라야 하는 것. 하지만 나는 아무래도 그이를 두고, 내 사랑하는 것들을 두고 떠날 수가 없어. 아, 어쩌지? 갈등하고 고민하며 내 발끝이 바르르 떨리고 있네.

시의 마음은 '운율'로도 잘 드러나 있어. 처음에 이 시는 3음보로 짧게 끊어 가며 천천히 천천히 망설이듯 읽어. 그러다가 까마귀와 강물이 등장하면 한 연에 두 번 3음보 운율이 들어가면서 호흡이 바빠지는 걸 느낄 수 있을 거야. 걸음은 느려지고, 마음은 마구 마구 갈등 속에 빠져들고 있네. 시를 읽는 이도 자연스레 말하는 이의 정서를 함께 느끼게 되는 것이지.

말하는 이는 결국 떠났을까, 떠나지 못했을까? 우리 인생에는 종종 이렇게 피할 수 없는 고민과 갈등의 순간들이 찾아오곤 해. 그리곤 우리가 원하지 않았던 방향으로 등을 떠밀려서 가게 되는 일도 생기게 되지. 깊은 공감, 그리고 조금의 서글픔이 생겨나.

산유화

김소월

산에는 꽃 피네
꽃이 피네
갈 봄 여름 없이
꽃이 피네

산에
산에
피는 꽃은
저만치 혼자서 피어 있네

산에서 우는 작은 새요
꽃이 좋아
산에서
사노라네

산에는 꽃 지네
꽃이 지네
갈 봄 여름 없이
꽃이 지네

1902년부터 1934년까지. 김소월 선생님이 세상에 머물다 간 시간
은 고작 32년이야. 그 짧은 나날 동안 그가 남긴 시편들은 많은 사람
들의 마음에 진하게 가닿고 있단다.

근대 문학 가운데서는 최초로 시집 『진달래꽃』이 문화재로 지정되
기도 했어. 요즘 국민 여동생이니 국민 엠시(MC)니 하는 말들이 유행
이지만 김소월이야말로 '국민 시인'이라고 불러 마땅한 존재이시지.

김소월은 그의 시처럼 곱고 다감한 사람이었대. 그의 시에는 아름
다운 서정과 고요한 슬픔이 담겨 있어. 누구나 이해할 수 있는 쉽고
평이한 말들이 민요조의 운율에 담겨 아주 보편적인 공감을 이끌어
내었어. 그런데 그와 같은 시인이 살기에는 그 시대가 참 거칠고 험했
어. 그래서 김소월은 당대의 현실에 대한 고민과 갈등을 시에 담기도
했어. 얼마나 괴롭고 힘겨웠을까. 마치 시에 나오는 꽃과 같이 저만치
혼자 피어있는 꽃처럼, 그렇게 외롭기도 했으리.

이 시는 소리 내어 읽어야 제 맛이 난단다. '꽃이 피네.'로 반복되
다가 '꽃이 지네.'로 바뀌고, 또 반복되는 규칙적인 리듬이 느껴지지?
'산에/산에/피는 꽃은'이라고 천천히 호흡을 주고 읽어 보면, 외로이
핀 꽃의 마음이 더 잘 느껴질 거야. 그렇게 시의 운율은 시에 담긴
마음을 선명하게 드러내어 주는 것이기도 해.

풀따기

김소월

우리 집 뒷산에는 풀이 푸르고
숲 사이의 시냇물, 모래 바닥은
파아란 풀 그림자, 떠서 흘러요.

그리운 우리 님은 어디 계신고.
날마다 피어 나는 우리 님 생각.
날마다 뒷산에 홀로 앉아서
날마다 풀을 따서 물에 던져요.

흘러가는 시내의 물에 흘러서
내어던진 풀잎은 얇게 떠갈 제
물살이 헤적헤적 품을 헤쳐요.

그리운 우리 님은 어디 계신고.
가엾은 이내 속을 둘 곳 없어서
날마다 풀을 따서 물에 던지고
흘러가는 잎이나 맘해 보아요.

 생각의 마중물

> '산유화'의 운율과 '풀따기'의 운율은 어떻게 같고 다를까? 두 시를 소리 내
> 어 읽어 보면서 비교해 보자.

저녁에

김광섭

저렇게 많은 중에서
별 하나가 나를 내려다본다
이렇게 많은 사람 중에서
그 별 하나를 쳐다본다

밤이 깊을수록
별은 밝음 속에 사라지고
나는 어둠속에 사라진다

이렇게 정다운
너 하나 나 하나는
어디서 무엇이 되어
다시 만나랴

어디서 무엇이 되어 다시 만나랴

유심초 노래

저렇게 많은 별들 중에
별 하나가 나를 내려다본다
이렇게 많은 사람 중에
그 별 하나를 쳐다본다

밤이 깊을수록
별은 밝음 속에 사라지고
나는 어둠 속으로 사라진다
이렇게 정다운 너 하나 나 하나는
어디서 무엇이 되어 다시 만나랴

너를 생각하면
문득 떠오르는 꽃 한 송이
나는 꽃잎에 숨어서 기다리리
이렇게 정다운 너 하나 나 하나는
나비와 꽃송이 되어 다시 만나자

밤이 깊을수록
별은 밝음 속에 사라지고
나는 어둠 속으로 사라진다
이렇게 정다운 너 하나 나 하나는
어디서 무엇이 되어 다시 만나랴

너를 생각하면
문득 떠오르는 꽃 한 송이
나는 꽃잎에 숨어서 기다리리
이렇게 정다운 너 하나 나 하나는
나비와 꽃송이 되어 다시 만나자

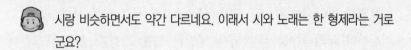

시랑 비슷하면서도 약간 다르네요. 이래서 시와 노래는 한 형제라는 거로
군요?

노래할 때 리듬을 맞추느라고 말을 넣고 빼고 했나 봐요.

같은 후렴을 반복하는 것도 노래에 더 잘 나타나는 특성일 것 같네요.

그렇겠네.

나비와 꽃송이 되어 다시 만나자는 말도 새로 들어갔어요.

내용을 좀 더 구체적으로 보충해서, 듣는 이가 한 번 듣고도 잘 이해할 수
있게 해 주었네. 자, 어디 한 번 불러 볼까?

이 노래 샘밖에 모르시는 것 아시죠?

와, 짝짝짝!

운명의 별인 것이지, 뭐. 그렇게 두 존재가 서로 마주 보게 돼. 여기서부터 삶의 기적은 시작되지. 떨림과 설렘, 기쁨과 충만함, 그런 것들로 가득 찬 만남이 시작되는 거야. 이런 순간이 없다면 우리 생은 얼마나 적막할까?

그런데 이를 어쩌나. 영원히 사랑하는 이들과 함께 머무를 수는 없는 일. 별과 나는 서로 엇갈리는 운명. 결국은 헤어져야 하는 순간이 오고 말지. 하지만 헤어지는 이 순간에도 너와 나는 이렇게 정다운 걸. 이렇게 아직도 서로가 서로에게 지극한 걸. 그러니 우리의 운명이 또 어디선가 우리를 만나게 하지 않을까? 만약 그렇지 않다면 부디 운명의 별이여, 우리를 만나게 해 줘요. 이렇게 정다운 우리인데, 다시 만나지 않을 수는 없는 일이니.

나무 노래

- 전래 민요

가자 가자 갓나무 오자 오자 옻나무
가다 보니 가닥나무 오자마자 가래나무
한 자 두 자 잣나무 다섯 동강 오동나무
십 리 절반 오리나무 서울 가는 배나무

너하구 나하구 살구나무 아이 업은 자작나무
앵도라진 앵두나무 우물가에 물푸레나무
낮에 봐도 밤나무 불 밝혀라 등나무
목에 걸려 가시나무 기운 없다 피나무

꿩의 사촌 닥나무 텀벙텀벙 물오리나무
그렇다고 치자나무 깔고 앉아 구기자나무
이놈 대끼놈 대나무 거짓말 못해 참나무
빠르구나 화살나무 바람 솔솔 솔나무

참 재미난 노래지? 나무 노래는 여러 지방에 다양한 버전으로 전해 내려오는 민요란다. '낮에 봐도 밤나무 불 밝혀라 등나무', '그렇다고 치자나무 깔고 앉아 구기자나무' 같은 구절을 보면 재치가 반짝반짝, 웃음이 절로 나오네.

그냥 읽어 보아도 재미있지만 노래로 불러보면 더 흥이 난단다. '가자가자 갖나무, 오자오자 옻나무'는 비슷한 음절로 리듬을 살리고 있지? 한 행이 네 덩어리의 규칙으로 구성되어 흥겨운 맛을 주고 말이야. 읽다 보니 저절로 무릎이라도 철썩철썩 치게 되네. 소리를 따라 몸이 함께 움찔움찔 들썩들썩, 그러다 보니 마음도 함께 덩실덩실 흥겨워라. 이런 것이 바로 노래의 맛, 시의 맛이야.

자장노래 —전래 민요

멍멍개야 짖지 마라.
꼬꼬닭아 울지 마라.
우리 아기 잘도 잔다.
자장자장 우리 아기
엄마 품에 폭 안겨서
칭얼칭얼 잠 노래를
그쳤다가 또 하면서
쌔근쌔근 잘도 잔다.

노래는 우리 삶과 아주 가까운 사이. 노래가 없으면 삶이 어찌 되랴 싶을 만큼 끈끈하고 긴밀한 사이란다. '일할 때도 부르고', '심심할 때도 부르고', '놀 때도 부르고', '기쁠 때도 슬플 때도 부르는 것'이 바로 노래야. '힘든 일도 덜 힘들게', '심심함은 저리 멀리', '신나는 마음은 더욱 신나게', '슬픈 마음은 가만가만 가라앉게', 온갖 신기한 일들을 만들어 내는 야릇한 이것이 바로 '노래'의 힘이지.

안 자려 애를 쓰는 아기를 재울 때도 역시 요긴한 요 노래란 녀석. 그럴 때 쓰는 것이 바로 〈자장노래〉란다. 아기가 깨면 큰일. 멍멍개도 꼬꼬닭도 잘 단속시켜 '잘도 잔다, 잘도 잔다.' 하고 엄마는 주문을 외우지. 말똥말똥 눈을 뜬 아기도 토닥토닥 리듬을 타면서 느릿느릿 이렇게 노래를 불러주면 어느새 스르르 눈을 감게 마련이란다.

귀뚜라미

나희덕

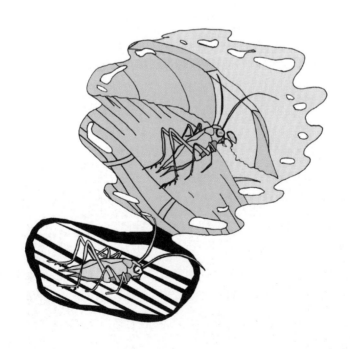

높은 가지를 흔드는 매미소리에 묻혀
내 울음 아직은 노래 아니다.

차가운 바닥 위에 토하는 울음,
풀잎 없고 이슬 한 방울 내리지 않는
지하도 콘크리트 벽 좁은 틈에서
숨 막힐 듯, 그러나 나 여기 살아 있다.
귀뚜르르 뚜르르 보내는 타전소리가
누구의 마음 하나 울릴 수 있을까.

지금은 매미 떼가 하늘을 찌르는 시절
그 소리 걷히고 맑은 가을이
어린 풀숲 위에 내려와 뒤척이기도 하고
계단을 타고 이 땅 밑까지 내려오는 날
발길에 눌려 우는 내 울음도
누군가의 가슴에 실려 가는 노래일 수 있을까.

타전 전보나 무전을 침.

이 시는 안치환의 노래로도 잘 알려져 있어. 즐겨 들었던 노래인지라 시가 아니라 노랫말처럼 느껴지기도 하네.

시의 말하는 이는 매미도 아닌 귀뚜라미. 아마도 계절은 여름인 모양이야. 매미의 울음이 하늘을 찌르는 시절. 매미라면 차라리 높은 가지를 흔드는 노래로 누군가의 마음을 울릴 수도 있을 텐데. 귀뚜라미는 매미보다 음습하고 낮은 곳에 사는 존재란다. 그래서 그가 사는 곳은 차가운 바닥. 게다가 풀숲이 아닌 도시 지하도에 사는 이 귀뚜라미에겐 풀잎 하나 이슬 한 방울 없는 콘크리트 벽 틈이 삶의 터전인 것이지.

지금 귀뚜라미의 소리는 아직 노래가 아니라 울음일 뿐. 어쩌면 귀뚜라미는 줄곧 누군가에게 타전을 보내는 중인가 봐. 나의 이 타전 소리가 과연 누군가의 마음에 가닿아 그 마음을 울릴 수 있을까. 그 가슴에 담긴 노래일 수도 있을까. 그저 혼자만의 메아리로 그치는 것이 아닐까. 그래서 귀뚜라미는 아마 외롭고, 불안하고, 슬플 거야. 언젠가 이 여름 지나 맑은 가을이 찾아오면 귀뚜라미의 저 소리에 마음이 저릿저릿 움직이는 사람들이 있을 테니. 아직은 안쓰러운 저 소리가 여름철 매미의 울음은 들려주지 못했던 깊은 마음의 이야기를 실어다 줄 수 있으리라. 그리하여 귀뚜라미의 이 시절은 가을을 향해 기쁘고 안쓰럽게 견디어 가는 시간인 거야.

달팽이

권태응

달 달 달팽이
뿔 넷 달린 달팽이
건드리면 옴추락
가만두면 내밀고.

달 달 달팽이
느림뱅이 달팽이
멀리 한 번 못 가고
밭에서만 놀고.

'달 달 달팽이'하고 시를 가만 읽어 보면, 꼼지락 꼼지락 기어가는 달팽이의 모양이 막 떠오르는 것도 같네. 건드리면 얼른 몸을 움츠렸다가 좀 있으면 슬쩍 또 밖으로 내미는 요 귀엽고 자그마한 느림뱅이 존재. 기껏 한참을 기어가더니 아직도 밭을 못 벗어났네. 고런 조그맣고 느릿한 녀석을 가만히 들여다보고 있는 말하는 이도 참 느릿느릿 귀엽기도 하지.

이 시는 백창우 씨가 노래로 만들어 부르기도 했단다. 단순하고 평화로운 멜로디의 노래야. 바쁘게 뛰어다녀야 잘 하는 것으로 아는 세상. '하지만 느린 것이 꼭 나쁜가? 이렇게 느릿느릿 살금살금 살아가면 안 되나, 뭐.' 하고 되묻게 되는 시인 거야.

연분홍 송이송이

김억

봄바람 하늘하늘 넘노는 길에
연분홍 살구꽃이 눈을 틉니다.

연분홍 송이송이 하도 반가워
나비는 너훌너훌 춤을 춥니다.

봄바람 하늘하늘 넘노는 길에
연분홍 송이송이 반겨 듭니다.

연분홍 살구꽃이 바람에 지니
나비는 울며울며 돌아섭니다.

'아, 봄이야!'

봄을 이야기할 때 빼놓을 수 없는 대표 주자가 바로 꽃과 나비이지. 연분홍 살구꽃이 봄바람 타고 살며시 눈을 틔우니 나비가 반가워 너훌너훌 춤을 추었네. 나비와 꽃이 어우러져 하늘하늘 노닐던 것도 잠시. 살구꽃은 바람에 져 버리고 말아. 그것이 꽃의 운명인 것을, 자연의 섭리인 것을 어쩌랴. 나비는 울며 울며 돌아서고, 그렇게 봄은 지고 말지. 그렇게 잠깐 피었다가 져 버리니 더 어여쁜 것이 꽃인지도 모르겠네. 아름답기도 하고 서글프기도 한 '봄의 서정'이 섬세하게 잘 표현되어 있는 시야.

시를 읽어 보면 아주 규칙적인 운율이 느껴지지? 한 행이 세 마디씩 동일하게 끊어지면서 규칙적인 리듬을 만들어내고 있어. 우리의 옛 민요가 이런 운율을 많이 사용하는데, 그래서 마치 민요의 가사를 읽고 있는 것 같은 느낌을 주기도 해. 이런 규칙은 꼭 그렇게 해야 해서가 아니라 시인이 스스로 만들어낸 것이지. 그래서 이런 시는 규칙이 있지만 정형시라고 하지 않고 '자유시'로 분류한단다.

별

이병기

바람이 서늘도 하여 뜰 앞에 나섰더니
서산 머리에 하늘은 구름을 벗어나고
산뜻한 초사흘 달이 별과 함께 나오더라

달은 넘어가고 별만 서로 반짝인다
저 별은 뉘 별이며 내 별 또 어느 게요
잠자코 홀로 서서 별을 헤어 보노라

　어느 서늘한 저녁 뜰 앞에 섰더니 초사흘 달이 어여쁘게 별과 함께 떠오르네. 그 풍경 가만히 바라보고 있자니 어느새 달은 지고 별은 반짝반짝. 말하는 이는 그저 잠자코 저 별을 바라보며 하나 둘, 별을 헤어 보고 있어.

　더 무엇이 필요할까? 고요하고 잔잔하고 아름다운 이 저녁에. 이렇게 말없이 이 세계의 아름다움을 음미할 수 있는 시간들이 생에 자주 찾아오는 이는 참 행복하겠다. 그 생 참 어여쁘겠다.

　이 시는 우리나라의 전통 시 형식인 시조 장르에 속한단다. 옛 시조를 현대적 정서에 맞게 조금 변형한 현대 시조이지. 시조는 반드시 한 연을 세 행으로 구성해야 하고, 한 행은 네 덩어리로 구분되어야 한다는 규칙을 가지고 있어. 현대 시조는 덩어리의 크기들이 조금씩 달라지기도 하고, 대부분 연시조 형식을 많이 취하곤 하지. 노래로 불리며 많은 이들에게 사랑을 받고 있는 이 시는 어떻게 전통이 이어져야 하는가에 대한 좋은 답을 주고 있기도 한 셈이지.

해

박두진

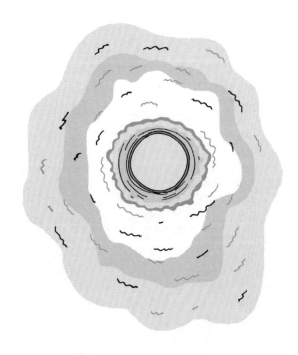

해야 솟아라. 해야 솟아라. 말갛게 씻은 얼굴 고운 해야 솟아라. 산 너머 산 너머서 어둠을 살라 먹고, 산 너머서 밤새도록 어둠을 살라 먹고, 이글이글 애띤 얼굴 고운 해야 솟아라.

달밤이 싫여, 달밤이 싫여, 눈물 같은 골짜기에 달밤이 싫여, 아무도 없는 뜰에 달밤이 나는 싫여…….

해야, 고운 해야. 네가 오면, 네가사 오면, 나는 나는 청산이 좋아라. 훨훨훨 깃을 치는 청산이 좋아라, 청산이 있으면 홀로라도 좋아라.

사슴을 따라 사슴을 따라, 양지로 양지로 사슴을 따라, 사슴을 만나면 사슴과 놀고,

칡범을 따라 칡범을 따라, 칡범을 만나면 칡범과 놀고…….
해야, 고운 해야. 해야 솟아라. 꿈이 아니래도 너를 만나면, 꽃도 새도 짐승도 한자리 앉아, 워어이 워어이 모두 불러 한자리 앉아, 애띠고 고운 날을 누려 보리라.

어, 이것도 시인가요? 줄줄이 이어져가는 게 꼭 수필 같아요.

 그렇단다. 시의 형식은 아주 다양하거든. 이런 시를 '산문시'라고 부르기도 해.

 그럼 이런 시에도 운율이 있나요?

 있지. 시를 소리 내어 읽어 보면 잘 알 수 있어. '해야 솟아라' '달밤이 싫여, 사슴을 따라' 같은 구절이 계속 반복되고 있지? 그런 반복들이 일정한 리듬을 만들어내고 있지.

 그럼 그런 반복이 없는 시는 '운율'이 없는 건가요?

 그렇지는 않아. 겉으로 보면 잘 드러나지 않는 운율을 '내재율'이라고 하는데, 어떤 시든 이 내재율을 갖고 있다고 볼 수 있어.

 보이지는 않는데 있기는 있다? 그것 참……. 좀 어려운데요.

 세상의 많은 것들이 그렇단다. 보이지는 않아도 분명히 거기 뭔가가 있거든.

소곤소곤

지금 말하는 이가 있는 곳은 눈물 같은 골짜기, 아무도 없는 뜰. 아마도 외롭고 황량하고 쓸쓸한 세계에 말하는 이는 살고 있는가 봐. 말하는 이는 '어서 해가 뜨기'를, '어둠을 살라 먹고, 이글이글 고운 얼굴로 해가 뜨기'를 열망하고 있어. '해야 솟아라'라고 되풀이 말하고 있는 이유는 바로 그 열망의 마음에 있는 거야.

그렇게 해가 뜨면 청산은 훨훨훨 깃을 칠 거야. 사슴과도 놀고 칡범과도 놀고, 꽃도 새도 짐승도 한자리 앉아 함께 앳되고 고운 날을 누리는 그런 세상이 될 거야. 모두가 화해롭고 평화로운 삶, 서로가 서로에게 적이 아니라 사랑스럽고 어여쁜 존재인 세계. 아아, 그렇다면 참, 얼마나 좋을까?

이 시에는 말하는 이가 바라는 새로운 세상에 대한 소망이 강렬하고 선명하게 그려져 있어. 너희들은 어떤 세상을 꿈꾸니? 어떤 삶을 살고 싶니? 새로운 삶과 세상에 대한 그림을 갖고 사는 사람은 '현재의 달밤'도 더 이상 두렵고 무섭지 않을 거야. 그 마음 안에는 이미 해가 떠 있으니까 말이야.

햇빛이 말을 걸다

권대웅

길을 걷는데
햇빛이 이마를 툭 건드린다
봄이야
그 말을 하나 하려고
수백 광년을 달려온 빛 하나가
내 이마를 건드리며 떨어진 것이다
나무 한 잎 피우려고
잠든 꽃잎의 눈꺼풀 깨우려고
지상에 내려오는 햇빛들
나에게 사명을 다하며 떨어진 햇빛을 보다가
문득 나는 이 세상의 모든 햇빛이
이야기를 한다는 것을 알았다
강물에게 나뭇잎에게 세상의 모든 플랑크톤들에게
말을 걸며 내려온다는 것을 알았다
반짝이며 날아가는 물방울들
초록으로 빨강으로 답하는 풀잎들 꽃들
눈부심으로 가득 차 서로 통하고 있었다

봄이야
라고 말하며 떨어지는 햇빛에 귀를 기울여 본다
그의 소리를 듣고 푸른 귀 하나가
땅속에서 솟아오르고 있었다

 소곤소곤

문득 내 이마를 툭 건드린 햇볕이 이렇게 말하네.

"봄이야"

그것이 바로 햇볕의 사명. 햇볕은 '강물에게', '나뭇잎에게', '꽃잎에게', '플랑크톤에게' 그렇게 말을 건네기 위해 먼 우주를 가로질러 이 지구에 내려오는 거야. 그 소리를 듣기 위해 지상에서는 막 '푸른 귀들'이 솟아오르고 있어.

"들리니? 햇볕은 너희들에게 무어라 말을 걸고 있니?"

시는 삶

시는 시인이
자기 모든 것을
쏟아 부어
쓰는 거란다.

그래서 시는
시인의 삶 뿐 아니라
그 시인이 살았던
시대의 삶까지 고스란히
담아 보여 주지.

때로는
어떻게 살아가야
할지 고민하고
길을 찾아가는 과정을
보여주기도
하고 말이야.

자,
시에 담긴
다양한 삶들을
만나러, 가 볼까?

넷!

시는 시인이 자기 모든 것을 쏟아 부어 쓰는 것.

그래서 시는 시인의 삶 뿐 아니라

그 시인이 살았던 시대의 삶까지

고스란히 담아 보여준단다.

때로는 앞으로 어떻게 살아가야 할지

길을 찾는 과정을 보여 주기도 하지.

자, 시 속에 들어 있는 다양한 삶의 모습들을 구경하러 가 볼까?

이 바쁜 때 웬 설사

김용택

소낙비는 오지요
소는 뛰지요
바작에 풀은 허물어지지요
설사는 났지요
허리끈은 안 풀어지지요
들판에 사람들은 많지요

　정말 진땀나겠다, 그렇지? 갑자기 소낙비는 오지, 소는 뛰지. '이랴 이랴. 이 녀석 가만 못 있냐.' 하는데 잘 쌓아 놓았던 지게의 풀은 허 물어지지, 무엇부터 해야 할지 정신이 없는 이 와중에, 윽, 설사라니. 그런데 꽉 묶어 놓은 허리끈은 급하니까 도통 풀리려 들지를 않고, 가까운 데서나 어떻게 해결해 보려고 하는데 오늘따라 들판에 사람 은 많고. 이것 참, 대략 난감.

　시의 주인공은 아마 들에서 일하는 농부인가 보다. 그이의 일상 가운데 재미난 한 순간이 스냅 사진처럼 찍혀 시가 되었네. 읽고 나 면 '아! 이를 어째.' 하고 안쓰러워하면서도 피식, 웃음 짓게 하는 그 런 시야.

　시가 고상하고 우아한, 뭐 그런 것 아니겠느냐고? 시에 등장하는 이야기들은 우리의 삶과 저만치 떨어진 별세계의 일들이 아니겠느냐 고? 무슨 소리. 설사 이야기도 이렇게 재미나게 들려줄 수 있는 것이 바로 시인데.

만돌이

윤동주

만돌이가 학교에서 돌아오다가
전봇대가 있는 데서
돌멩이 다섯 개를 주웠습니다.

전봇대를 겨누고
돌 한 개를 던졌습니다.
—딱—
두 개째 던졌습니다.
— 아뿔싸 —
세 개째 던졌습니다.
—딱—
네 개째 던졌습니다.
— 아뿔싸 —
다섯 개째 던졌습니다.
—딱—

다섯 개에 세 개……
그만하면 되었다.
내일 시험,
다섯 문제에 세 문제만 하면
손꼽아 구구를 하여 봐도 육십 점이다.
볼 거 있나 공 차러 가자.

그 이튿날 만돌이는
꼼짝 못하고 선생님한테
흰 종이를 바쳤을까요.

그렇잖으면 정말
육십 점을 맞았을까요.

만돌이의 모습을 보니 저절로 웃음이 나오네. 전봇대에다 돌 다섯 개를 던지기에 왜 그런가 했더니만 내일이 시험이었던 것. 다섯 개 중에 세 개나 맞췄으니 시험도 그만은 하겠지. 이렇게 편안하니 마음먹은 만돌이, 더 볼 것도 없이 공 차러 가네. 이 긍정적이고 낙천적인 귀여운 녀석, 어쩐지 누구랑 많이 닮은 것 같기도 하지?

이튿날 만돌이의 운명은 과연 어떠했을까? 아유, 막 궁금해진다.

풀잎에도 상처가 있다

정호승

풀잎에도 상처가 있다
꽃잎에도 상처가 있다
너와 함께 걸었던 들길을 걸으면
들길에 앉아 저녁놀을 바라보면
상처 많은 풀잎들이 손을 흔든다
상처 많은 꽃잎들이
가장 향기롭다

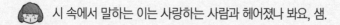

시 속에서 말하는 이는 사랑하는 사람과 헤어졌나 봐요, 샘.

그걸 어떻게 알아?

'너와 함께 걸었던 들길'이라잖아. 지금은 함께 걸을 네가 없는 거지. 그래서 쓸쓸히 혼자 걷고 있는 것 아닐까?

엇, 흠……. 그렇구나.

아마도 상처 받은 사람의 눈이었기에 풀잎이나 꽃잎의 상처가 눈에 들어왔을 거야.

아, 그렇군요. 시는 어쩐지 추리 소설이랑 비슷한 것 같아요, 샘. 셜록 홈즈 같은 탐정들은 작은 조각들을 모아서 추리를 완성해 나가거든요.

드문드문 몇 부분만 그려진 그림 같기도 하지. 나머지 부분들은 읽는 사람들이 상상해서 그려내는 것이거든.

아하!

너와 함께 걸었던 들길을, 지금은 혼자 걷고 있는 이 사람. 아마도 상처 받고 지친 채로 이 길을 찾아 왔을 이 사람.

이 사람, 들길을 걸으며 그 누군가를 떠올리는 모양이야. 추억이 담긴 길이니 마음은 더욱 쓰라리고. 들길에 앉아 저녁놀을 바라보네. 나만 왜 이렇게 힘든 거야, 그 사람 많이 그립구나, 울먹울먹 울적한 마음인데, 어, 그렇구나. 이 사람의 눈에 비로소 풀잎에도 상처가 있음이, 꽃잎에도 상처가 있음이 보이기 시작하네.

그렇구나. 나만 그런 것이 아니라 풀잎도 꽃잎도, 다른 존재들도 아마 대부분 저 나름의 상처를 안고 살아가는 것이구나. 저 상처 많은 풀잎들이, 저도 아프면서 나를 위로하느라 손을 흔들고 있네. 괜찮아, 괜찮아. 곧 나을 거야. 우리가 여기 있잖아. 힘내라구.

그래. 상처 입은 자들은 그만큼 더 성숙해지고, 다른 사람의 아픔도 이해해 주는 마음을 가지게 되기도 하겠지. 상처 많은 꽃잎들이 가장 향기로운 것처럼, 나도 역시 그렇게 예전보다는 좀 더 깊어지고 향기로운 사람이 될 수 있을 거야.

'이 사람, 아마도 이런 깨달음을 얻으며 저녁놀 지는 들길에 오래오래 앉아 있었겠지?'

내가 사랑하는 사람

정호승

나는 그늘이 없는 사람을 사랑하지 않는다
나는 그늘을 사랑하지 않는 사람을 사랑하지 않는다
나는 한 그루 나무의 그늘이 된 사람을 사랑한다
햇빛도 그늘이 있어야 맑고 눈이 부시다
나무 그늘에 앉아
나뭇잎 사이로 반짝이는 햇살을 바라보면
세상은 그 얼마나 아름다운가

나는 눈물이 없는 사람을 사랑하지 않는다
나는 눈물을 사랑하지 않는 사람을 사랑하지 않는다
나는 한 방울 눈물이 된 사람을 사랑한다
기쁨도 눈물이 없으면 기쁨이 아니다
사랑도 눈물이 없는 사랑이 어디 있는가
나무 그늘에 앉아
다른 사람의 눈물을 닦아주는 사람의 모습은
그 얼마나 고요한 아름다움인가

하나. 같은 시인의 또 다른 작품이야. 〈풀잎에도 상처가 있다〉라는 시와 비슷한 부분이 있는지? 어떤 부분인지 생각해 보자.

둘. '그늘이 없는 사람', '눈물이 없는 사람'은 어떤 사람일까?

그날이 오면

심훈

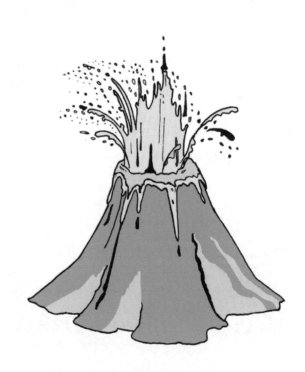

그날이 오면, 그날이 오며는
삼각산이 일어나 더덩실 춤이라도 추고,
한강물이 뒤집혀 용솟음칠 그날이
이 목숨이 끊기기 전에 와주기만 할 양이면,
나는 밤하늘에 날으는 까마귀와 같이
종로의 인경을 머리로 들이받아 울리오리다.
두개골이 깨어져 산산조각이 나도
기뻐서 죽사오매 오히려 무슨 한이 남으오리까.

그날이 와서, 오오, 그날이 와서
육조 앞 넓은 길을 울며 뛰며 뒹굴어도
그래도 넘치는 기쁨에 가슴이 미어질 듯하거든
드는 칼로 이 몸의 가죽이라도 벗겨서
커다란 북을 만들어 들쳐 메고는
여러분의 행렬에 앞장을 서오리다.
우렁찬 그 소리를 한번이라도 듣기만 하면,
그 자리에 꺼꾸러져도 눈을 감겠소이다.

소곤소곤

　그날이 오기만 하면, 오기만 하면 얼마나 좋을까. 말하는 이는 간절하게 그날이 오기를 기다리고 있어. 그날이 오기만 하면 삼각산도 한강물도 좋아서 덩실덩실 춤을 추고 용솟음을 칠 거야. 사람들도 길거리로 쏟아져 나와 기쁨의 행렬을 이루겠지. 그날이 오면, 나는 기뻐 날뛰며 까마귀처럼 종로의 종을 머리로 들이받아 울릴 거야. 울고 뛰고 뒹굴어도 기쁨에 어쩔 줄을 모르겠거든 몸의 가죽이라도 벗겨서 북을 만들어 행렬에 앞장 설 거야. 나는 어찌 되어도 상관이 있으랴. 그날이 왔다는데. 그만큼이나 말하는 이에게 그날은 간절한 소망인 것이고, 생각만 해도 마냥 복된 날인 것이지. 또 그만큼 말하는 이는 현재 어둡고 괴로운 현실 속에 살고 있는 것이겠지.

　이 시를 잘 이해하려면 이 시가 어떤 시대 속에서 태어났는지를 함께 알아야 할 거야. 어떤 시들은 그 시대의 삶과 아주 밀접한 관련이 있고, 시대 상황에 대한 배경지식이 있어야 온전하게 이해할 수 있게 되거든. 이 시는 어떤 시대를 배경으로 하고 있을까?

　그래. 일제 식민지 시대야. 우리나라가 다른 나라의 식민지가 되어 민족 전체가 커다란 수난을 겪었던 시대지. 이 수난을 맞이하는 사람들의 태도는 제각기 달랐어. 어떤 사람들은 기어이 그런 상황을 극복해 보려고 발버둥을 치기도 했고, 어떤 사람들은 '분하지만 어쩌겠어.' 하고 하루하루 견디며 살아가기도 했지. 하지만 누구에게나 마음에는 이 시에서와 같은 갈망이 있었을 거야.

시인은 자신의 감정을 시로 표현하지만, 시인 역시 함께 그 시대를 살아가는 많은 이들 중 한 명인 거야. 그래서 어떤 시에는 그 시대 전체의 열망이 담겨 있기도 한 거란다.

옥중에서 어머니께 올리는 글월

심훈

어머니!

날이 몹시도 더워서 풀 한 포기 없는 감옥 마당에 뙤약볕이 내리쪼이고, 주황빛의 벽돌담은 화로 속처럼 달고, 방 속에는 똥통이 끓습니다. 밤이면 가뜩이나 다리도 뻗어 보지 못하는데, 빈대, 벼룩이 다투어 가며 진물을 살살 뜯습니다. 그래서 한 달 동안이나 쪼그리고 앉은 채 날밤을 새웠습니다. 그렇건만 대단히 이상한 일이 있지 않겠습니까? 생지옥 속에 있으면서 괴로워하는 사람이 하나도 없습니다. 누구의 눈초리에나 뉘우침과 슬픈 빛이 보이지 않고, 도리어 그 눈들은 샛별과 같이 빛나고 있습니다.

더구나 노인네의 얼굴은 앞날을 점치는 선지자처럼, 고행하는 도승처럼 그 표정조차 엄숙합니다. 날마다 이른 아침 전등불이 꺼지는 것을 신호 삼아 몇 천 명이 같은 시간에 마음을 모아서 정성껏 같은 발원으로 기도를 올릴 때면, 극성맞은 간수도 칼자루 소리를 내지 못하며, 감히 들여다보지도 못하고 발꿈치를 돌립니다.

어머니!

발원 신이나 부처에게 소원을 빎. 또는 그 소원.

어머니께서는 조금도 저를 위하여 근심하지 마십시오. 지금 조선에는 우리 어머니 같으신 어머니가 몇 천 분이요, 또 몇 만 분이나 계시지 않습니까? 그리고 어머니께서도 이 땅의 이슬을 받고 자라나신 공로 많고 소중한 따님의 한 분이시고, 저는 어머니보다도 더 크신 어머니를 위하여 한 몸을 바치려는 영광스러운 이 땅의 사나이외다.

콩밥을 먹는다고 끼니때마다 눈물겨워하지도 마십시오. 어머니께서 마당에서 절구에 메주를 찧으실 때면 그 곁에서 한 주먹씩 주워 먹고 배탈이 나던, 그렇게도 삶은 콩을 좋아하던 제가 아닙니까? 한 알만 마루 위에 떨어져도 흘금흘금 쳐다보고 다른 사람이 먹을세라 주워 먹기가 한 버릇이 되었습니다.

어머니!

며칠 전에는 생후 처음으로 감방 속에서 죽는 사람의 임종을 같이 하였습니다. 돌아간 사람은 먼 시골의 무슨 교를 믿는 노인이었는데, 경찰서에서 다리 하나를 못 쓰게 되어 나와서 이곳에 온 뒤에도 밤이면 몹시 앓았습니다. 병감은 만원이라고 옮겨 주지도 않고, 쇠잔한 몸에 그 독은 나날이 뼈에 사무쳐 그날에는 아침부터 신음하는 소리가 더 높았습니다.

밤이 깊어 약박골 약물터에서 단소 부는 소리도 끊어졌을 때, 그는 가슴에 손을 얹고 가쁜 숨을 몰아쉬기 시작했습니다. 우리는 모두 일어나 그의 머리맡을 에워싸고 앉아서 죽음의 그림자가 시시각각으로 덮쳐 오는 그의 얼굴을 묵묵히 지키고 있었습니다.

그는 희미한 눈초리로 5촉밖에 안 되는 전등을 멀거니 쳐다보면서 무슨 깊은 생각에 잠긴 듯 추억의 날개를 펴서 기구한 일생을 더듬는 듯하였습니다. 그의 호흡이 점점 가빠지는 것을 본 저는 무릎을

베개 삼아 그의 머리를 괴었더니, 그는 떨리는 손을 더듬더듬하여 제 손을 찾아 쥐더이다. 금세 운명을 할 노인의 손아귀 힘이 어쩌면 그다지도 굳셀까요, 전기나 통한 듯이 뜨거울까요?

어머니!

그는 마지막 힘을 다하여 몸을 벌떡 솟치더니 "여러분!" 하고 큰 목소리로 무겁게 입을 열었습니다. 찢어질 듯이 긴장된 얼굴의 힘줄과 표정, 그날 수천 명 교도 앞에서 연설을 할 때의 그 목소리가 이와 같이 우렁찼을 것입니다. 그러나 우리는 마침내 그의 연설을 듣지 못했습니다. "여러분!" 하고는 뒤미처 목에 가래가 끓어올랐기 때문에……

그러면서도 그는 우리에게 무엇을 바라는 것 같았습니다. 그래서 어느 한 분이 유언할 것이 없느냐 물으매 그는 조용히 머리를 흔들어 보였습니다. 그래도 흐려지는 눈은 꼭 무엇을 애원하는 듯합니다마는, 그의 마지막 소청을 들어줄 그 무엇이나 우리가 가졌겠습니까? 우리는 약속이나 한 듯이 나직나직한 목소리로 그날에 여럿이 떼 지어 부르던 노래를 일제히 부르기 시작했습니다. 떨리는 목소리로 첫 소절도 다 부르기 전에 설움이 북받쳐서, 그와 같은 신도인 상투 달린 사람은 목을 놓고 울더이다.

어머니!

그가 애원하던 것은 그 노래가 틀림없었을 것입니다. 우리의 최후의 일각의 원혼을 위로하기에는 가슴 한복판을 울리는 그 노래밖에 없었습니다. 후렴이 끝나자, 그는 한 덩이 시뻘건 선지피를 제 옷자락에 토하고는 영영 숨이 끊어지고 말더이다.

그러나 야릇한 미소를 띤 그의 영혼은 우리가 부른 노래에 고이고 이 싸이고 받들려 쇠창살을 새어 나가 새벽하늘로 올라갔을 것입니다. 저는 감지 못한 그의 두 눈을 쓰다듬어 내리고 날이 밝도록 그의 머리를 제 무릎에서 내려놓지 않았습니다.

어머니!

며칠 동안 몰래 적은 이 글월을 들키지 않고 내보낼 궁리를 하는 동안에 비는 어느덧 멈추고 날은 오늘도 저물어 갑니다. 구름 걷힌 하늘을 우러러 어머니의 건강을 비올 때, 비 뒤의 신록은 담 밖에 더욱 아름답사온 듯 먼 천의 개구리 소리만 철창에 들리나이다.

1919. 8. 29.

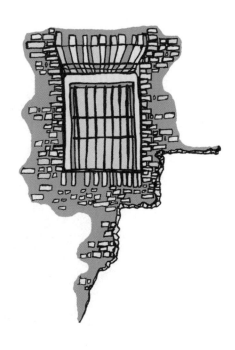

살구꽃 지는 날

안도현

할머니, 살구나무가
많이 아픈가 봐요

살구꽃 이파리 깜박깜박
저렇게 떨어지는데
우두커니 먼 산만 바라봐요
흰 머리카락 올올이 풀어져도
빗을 생각을 안 해요
참빗을 어디 두었는지
잊어 먹었나 봐요

할머니, 살구나무가
할머니처럼 아픈가 봐요

꽃 지는 풍경은 언제 보아도 서글프고 안타깝고, 그러면서 아름답지. 스러지는 것들은 모두 그런 것 같아. 저녁놀이 그렇고, 지는 낙엽이 그렇고. 공중으로 흩어지다 퐁 터지는 비눗방울이 또 그렇지. 새벽녘에 잠깐 맺혔다가 아침이면 어느 새 사라지는 이슬이 또 그렇고, 세상에 잠깐 머물렀다가 어디론가 사라져 간 소중한 사람들이 또 그렇지.

살구꽃이 지고 있어. 이파리가 깜박깜박 떨어지는데, 살구나무는 맥 놓고 그냥 그걸 바라보고만 있네. 흰 머리카락 올올이 풀어지듯 꽃잎들은 막 떨어지는데, 빗을 생각도 안 하고 말이야. 참빗을 어디 두었는지 잊어 먹은 걸 보니 정신이 오락가락 하는 것인지.

그런데 그 아픈 살구나무가 할머니를 닮았네. 할머니도 살구나무처럼, 꽃잎이 떨어지는 스러짐의 운명을 걷기 시작한 것. 어찌할 도리 없지만, 그래도 마음 저 밑이 저릿저릿 흔들리는 일.

봄 밤

이면우

늦은 밤 아이가 현관 자물통을 거듭 확인한다
가져갈 게 없으니 우리 집엔 도둑이 오지 않는다고 말해 주자
아이 눈 동그래지며, 엄마가 계시잖아요 한다
그래 그렇구나, 하는 데까지 삼 초쯤 뒤 아이 엄마를 보니
얼굴에 붉은 꽃, 소리 없이 지나가는 중이다

 소곤소곤

　사람들 사이에 흐르는 것이 있어. 애틋하고 살가운 강물 같고, 서로에게 주는 삶의 수액 같은 것. 그 애틋하고 살가운 것들을 먹으며 사람들은 이 생을 견디어 가곤 하지.

　늦은 밤 현관 자물통을 거듭 확인하는 아이에게, 아버지는 우리집엔 가져갈 게 없으니 도둑 걱정은 안 해도 된다고 말하고 있네. 그런데 이 아이, '눈을 동그랗게 뜨며 엄마가 계시잖아요.' 하는 거야. 아이의 이 살뜰하고 어여쁜 마음, 누군가를 소중히 여기는 이 강물, 이 수액 출렁출렁. 엄마의 얼굴엔 붉은 기쁨의 꽃이 살짝 피어나네.

　'아, 엄마는 참 행복했겠다.'

콩알 하나

김준태

누가 흘렸을까

막내딸을 찾아가는
다 쭈그러진 시골 할머니의
구멍 난 보따리에서
빠져 떨어졌을까

역전 광장
아스팔트 위에
밟히며 뒹구는
파아란 콩알 하나

나는 그 엄청난 생명을 집어 들어
도회지 밖으로 나가

강 건너 밭이랑에
깊숙이 깊숙이 심어 주었다.
그때 사방팔방에서
저녁노을이 나를 바라보고 있었다.

아이쿠, 콩알 하나가 길을 잃었네요.

 그러게. 그런데 다행히도 귀인을 만나서 제가 갈 곳으로 잘 돌아갔네.

 그런데 왜 콩알 하나가 엄청난 생명이라는 거지요?

 글쎄, 왜 그럴까?

 콩알 하나가 싹이 트면 여러 개의 콩알이 나올 수 있기 때문일까요?

 그럴 수도 있겠네.

 그 콩알이 자연 전체를 상징하는 것이라고 생각했기 때문이 아닐까요?

 그것도 좋은 생각이야.

여기 콩알 하나가 떨어져 있네. 어디에 있는가 하면 바로, 역전 광장의 아스팔트 위야. 사람들은 무심코 그 콩알을 밟고 지나고, 파아란 콩알은 아스팔트 위를 이리저리 구르고 있어. 어울리지 않는 장소에 떨어진 이 녀석, 다 쭈그러진 시골 할머니의 구멍 난 보따리에서 떨어진 걸까?

말하는 이는 그 조그만 콩알 하나에서 엄청난 생명을 보고 있어. 온통 인공적인 것들로 가득한 이 도회지 안에서는 키워낼 수 없는 것. 하지만 강 건너 밭이랑처럼 그 생명을 받아 안아 키워줄 수 있는 곳을 만난다면 푸른 세상을 만들어내는 한 고리가 될 소중한 존재이다. 조그맣지만 그 안에 우주를 담고 있는 녀석이지.

실은 저 콩알 뿐 아니라 모든 생명들이 다 그런 것 아닐까? 우리는 사실 모두가 이 우주 안에서 출렁이는 생명의 물결로 다 이어져 있는 존재들이니까 말이야. 콩알은 그저 콩알일 뿐이 아니라 이 우주의 모든 생명들의 총화. 그 중의 한 조각이야. 그래서 콩알 하나를 소중히 땅에 심는 나를 사방팔방의 저녁노을, 모든 존재들이 흐뭇하게 바라보는 것이겠지. 너는 그저 너일 뿐인 것이 아니라 나이기도 하니까.

문명 속에 살다 보면 잠시 잊는 것들. 그래서 우리는 서로가 닫혀 있다고 생각하고, 별개의 존재라고 생각하며 나만 위하는 삶을 살기도 하지. 발길에 채이는 콩알 하나를 발견했다고? 그럴 때 잠깐 걸음을 멈추고 가만히 그 녀석을 들여다보렴. 뭔가 보이기 시작했다고? 뭐, 그게 뭐라고?

깊은 흙

정현종

흙길이었을 때 언덕길은
깊고 깊었다.
포장을 하고 난 뒤 그 길에서는
깊음이 사라졌다.

숲의 정령들도 사라졌다.

깊은 흙
얄팍한 아스팔트.

짐승스런 편리
사람다운 불편.

깊은 자연
얕은 문명.

어떻게 살아야 할까. 어떻게 살아야 잘 사는 걸까. 시인들은 시 속에 그런 고민과 나름의 해답들을 담아두고 있단다. 자기의 삶을 반성하기도 하고, '어디로 가야 할까.' 고민하기도 하지. 어디 시인들의 말에 귀를 기울여 볼까?

 생각의 마중물

이 시에서도 역시 아스팔트와 땅이 대비되고 있네. 각각 어떤 뜻인 것 같니? 앞의 시와 비교해 가면서 읽어 볼까?

동해 바다

신경림

친구가 원수보다 더 미워지는 날이 많다.
티끌만 한 잘못이 맷방석만 하게
동산만 하게 커 보이는 때가 많다.
그래서 세상이 어지러울수록
남에게는 엄격해지고 내게는 너그러워지나 보다.
돌처럼 잘아지고 굳어지나 보다.

멀리 동해바다를 내려다보며 생각한다.
널따란 바다처럼 너그러워질 수는 없을까,
깊고 짙푸른 바다처럼.
감싸고 끌어안고 받아들일 수는 없을까,
스스로 억센 파도로 다스리면서.
제 몸은 맵고 모진 매로 채찍질하면서.

친구가 원수보다 미워지기도 하고, 티끌만한 잘못이 무지 크게 보이기도 하고, 그런데 내 잘못은 아주 잘디잔 먼지처럼 느껴지는 것. 너희들도 대부분 그런 마음을 느껴 보았을 거야. 우리에겐 사실 세상에서 우리 자신이 가장 소중하게 느껴지니까 말이야.

그런데 저 넓고 깊고 짙푸른 동해바다를 바라보니 그 좁다란 마음이, 돌처럼 잘고 굳은 마음이 부끄럽게 느껴지네. 말하는 이는 바다 앞에서 한없이 초라해지는 옹졸한 자기 자신을 발견하게 돼.

바로 이 지점이 아주 중요한 순간! 내가 어떤 존재이며, 어떤 행동을 하고, 어떻게 평가할 수 있을지, 그걸 모르는 사람은 아마 나 자신일 거야. 내가 나를 객관적으로 바라보기란 참 어려운 일이니까. 그런데 그걸 해 내는 순간, 특히나 내가 바로 보기 싫은 이지러진 모습까지 보아 내는 순간, 나는 그걸 바로잡을 수 있는 기회를 갖게 되는 거지. 그리고 한층 깊어지고 성숙해지는 거야.

그런 게 진짜 자기 사랑 아닐까? '무조건 나는 멋져, 나는 예뻐.' 하면서 자기를 사랑하는 척하고, 모자란 부분들을 애써 외면해 봐야. 사실 마음 뿌리는 점점 공허해지거든. 자기를 온전히 그대로 바라볼 줄 아는 사람, 날마다 자기를 더 키워낼 수 있는 사람이야. 아, 그런 사람이 되고 싶건만, 그런 사람이 되는 길은 아직도 참 멀다. 그야말로 스스로 채찍질을 맵고 모질게 해야만 다다를 수 있는 길이지.

철길

안도현

혼자 가는 길보다는

둘이서 함께 가리

앞서지도 뒤서지도 말고 이렇게

나란히 떠나가리

서로 그리워하는 만큼

닿을 수 없는

거리가 있는 우리

늘 이름을 부르며 살아가리

삶이 사는 마을에 도착하는 날까지

혼자 가는 길보다는

둘이서 함께 가리

세상의 사물들을 가만히 들여다보다가 '문득 삶이 이래야 하는 것 아닌가.' 하고 깨닫게 되는 순간이 있어. 말하는 이는 철길로부터 그런 깨달음을 얻고 있네. 철길은 절대 혼자 가는 법 없이 나란히 나란히 둘이서 함께 가지. 앞서지도 뒤서지도 않고 말이야. 그런데 둘은 서로 그리워하지만 닿을 수는 없어. 그들이 그렇게 사이좋게 가는 길은 '삶이 사는 마을'에 가닿아 있지.

우리의 삶도 그래야 하지 않겠느냐고, 혼자보다는 함께, 서로 그리워하면서 나란히 나란히. 그래서 결국은 사람 사는 마을에 사람들의 삶이 있는 곳으로 함께 나아가야하지 않겠느냐고, 시는 그렇게 철길을 빌려다 말하고 있어.

엄마의 런닝구

배한권 학생

작은 누나가 엄마보고
엄마 런닝구 다 떨어졌다
한 개 사라 한다.
엄마는 옷 입으마 안 보인다고
떨어졌는 걸 그대로 입는다.

런닝구 구멍이 콩만한 게
뚫려져 있는 줄 알았는데
대지비만하게 뚫려져 있다.
아버지는 그걸 보고
런닝구를 쭉 쭉 쨌다.

엄마는 와 이카노.
너무 째마 걸레도 못 한다 한다.
엄마는 새 걸로 갈아입고
째진 런닝구를 보시더니
두 번 더 입을 수 있을 낀데 한다.

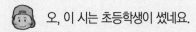
도란도란

오, 이 시는 초등학생이 썼네요.

아유, 귀여운 가족이에요. 엄마도 재미나고…… 이 집의 풍경이 막 머릿속에 떠올라요.

정말 그렇네. 있었던 일을 꾸밈없이 옮겨 쓰니까 아주 재밌는 시가 되었지?

그런데 웃기면서도 왠지 좀 찡한데요? 이거 왜 이럴죠?

그런 게 가족 아닐까나?

가족이란 거, 참 오묘해요.

맞아요, 정말!

엄마가 다 떨어진 런닝구를 입고 계시네. 하도 입어서 헤어진 모양이야. 보다 못한 작은 누나가 새로 좀 사서 입으시라고 하지만 엄마는 옷 입으면 안 보이는데 뭐, 하면서 끄떡도 않으시네. 작은 누나 덕에 식구들의 시선이 엄마의 런닝구로 모여들었어. 구멍이 콩알만큼 작은 줄 알았더니 대접만큼이나 크게 뚫려 있네. 그걸 본 아버지, 구멍에 손을 집어넣고 런닝구를 쭉 쭉 찢어버리셨어. "이런 걸 왜 입고 다니나. 남보기 부끄럽게, 인제 고만 입어라." 아마 이런 말쯤을 덧붙이셨을까? 구멍 난 런닝구를 입고 있는 엄마가 청승맞아 보이기도 하고, 안쓰러워 보이기도 하고, 미안한 마음도 있었나 보지? 그래서 아버지는 더 과장된 몸짓으로 런닝구를 북북 찢으신 걸 거야. 엄마는 할 수 없이 새 런닝구로 갈아입으셨지만 아직도 미련이 남아. 떨어진 런닝구는 걸레로 써야 하는데 이리 좍좍 찢어놓으면 어떡하나. 두 번더 입을 수 있었는데, 아깝다 아까워. 엄마의 중얼거림은 아마 그 뒤로도 한참 길어졌을 거야.

예전에는 아주 흔했던 풍경인데, 항상 빈틈없이 자기를 가꾸는 멋쟁이 엄마들도 많이 늘어났고, 입던 속옷으로 걸레를 만들어 쓰는 집도 없을 듯 하고 말이지. 하지만 변하지 않은 건 아마 가족에 대한 서로의 마음일 거야. 엄마는 엄마 자신보다는 집안 살림에 마음이 쓰이고, 가족들은 그런 엄마의 모습에 마음이 쓰이고. 넉넉한 형편은 아닌 것 같지만 그 속에 나도 좀 비집고 들어가 함께 살고 싶은 훈훈한 집이지?

식구

유병록

매일 함께 하는 식구들 얼굴에서
삼시 세 끼 대하는 밥상머리에 둘러앉아
때마다 비슷한 변변찮은 반찬에서
새로이 찾아내는 맛이 있다

간장에 절인 깻잎 젓가락으로 집는데
두 장이 달라붙어 떨어지지 않아
다시금 놓자니 눈치가 보이고
한 번에 먹자 하니 입 속이 먼저 짜고
이러지도 저러지도 못하는데
나머지 한 장을 떼내어 주려고
젓가락 몇 쌍이 한꺼번에 달려든다

이런 게 식구이겠거니
짜지도 싱겁지도 않은
내 식구들의 얼굴이겠거니

우리 식구를 맛으로 표현한다면? 매일 먹는 반찬처럼 '변변찮은 맛', '그리 새롭지 않은 맛', '어떤 때는 좀 물린다 싶은 맛', 그쯤 되지 않을까? 늘 얼굴을 보다보니 서로 새로울 것도 없고, 오래 함께 살다 보니 좋은 말보다는 짜증을 더 많이 부리게 되고, 늘 그러려니 하기 때문에 새로 기대할 것도 없게 돼. 그런데 이 시의 말하는 이는 그 속에도 새로운 맛이 있음을 깨닫고 있네. 우리가 일상적으로 경험함직한 '깻잎 우르르 떼기 사건' 속에서 말하는 이는 무심한 듯 하지만 서로 말없이 이어져 있는 가족 간의 마음을 발견한 거야. 그 마음을 '사랑'이라 말하면 좀 부끄럽고 어색해.

하지만 가족 간에는 말하지 않아도 알게 되는 그런 마음들이 있는 것. 식구는 한자로 '食口(식구)'라고 쓴단다. 늘 함께 밥을 나누어 먹는 이들을 '식구'라고 부르는 거지. 별 것 아닌 일 같지만 그것이 식구들을 이어주는 아주 중요한 연결 고리가 되는 것이지. 오늘 저녁엔 밥을 먹으면서 식구들 얼굴을 가만가만 살펴보렴. 늘 잔소리만 하는 것 같은 엄마도, 나만 보면 눈을 흘기는 얄미운 언니도, 실은 그 마음 안에 나에 대한 잔잔한 정을, 깻잎을 떼 주고 싶은 배려의 사랑을 찰랑찰랑 품고 있을 거야.

 생각의 마중물

네게 식구란 어떤 맛? 이 시에서처럼 구체적인 경험을 가져와서 이야기해 보자.

연탄 한 장

안도현

또다른 말도 많고 많지만
삶이란
나 아닌 그 누구에게

기꺼이 연탄 한 장 되는 것

방구들 선들선들해지는 날부터 이듬해 봄까지
조선팔도 거리에서 제일 아름다운 것은
연탄차가 부릉부릉
힘쓰며 언덕길을 오르는 거라네

해야 할 일이 무엇인가를 알고 있다는 듯이
연탄은, 일단 제 몸에 불이 옮겨 붙었다 하면
하염없이 뜨거워지는 것

매일 따스한 밥과 국물 퍼먹으면서도 몰랐네
온몸으로 사랑하고 나면
한 덩이 재로 쓸쓸하게 남는 게 두려워
여태껏 나는 그 누구에게 연탄 한 장도 되지 못하였네

생각하면
삶이란
나를 산산이 으깨는 일

눈 내려 세상이 미끄러운 어느 이른 아침에
나 아닌 그 누가 마음 놓고 걸어갈
그 길을 만들 줄도 몰랐었네. 나는.

참, 말도 많고 많지. 삶이란 무엇인지, 어떻게 살아야 하는 건지. 시인이 생각하기에 '삶이란, 나 아닌 그 누군가에게 연탄 한 장이 되는 거라네.' 그것도 '하는 수 없이'가 아니라 '기꺼이' 말이야. 연탄은 제 몸에 불이 옮겨붙으면 하염없이 뜨거워지지. 시인은 그런 연탄을 보면서 온몸으로 누군가에게 사랑을 주는 삶의 자세를 떠올리고 있어. 더구나 이 연탄 한 장, 다 타고 나면 한 덩이 재로 남을 뿐인데, 남은 그 재까지 또 기꺼이 내 주어 산산이 으깨어지고는 눈 내린 아침 누군가 마음 놓고 걸어갈 그 길을 만들어주고 있네.

생각하면 삶이란, 누군가를 위해 하염없이 뜨거워지는 것, 온몸으로 사랑을 주는 것, 그리고 저를 다 내어주는 거야.

그렇게 사는 삶은 참 바보 같지 않느냐고? 다른 사람들에게 이용만 당하지 않겠느냐고? 삶의 의미는 제 마음 안에서 우러나오는 것. 그렇게 매 순간 최선을 다한 연탄의 마음 안에서 그 희생에 대한 보람과 대가는 이미 다 치러진 것이지. 다른 그 누가 연탄과 같이 충만하고 행복한 삶을 살 수 있을까?

우리가 눈발이라면

안도현

우리가 눈발이라면
허공에서 쭈빗쭈빗 흩날리는
진눈깨비는 되지 말자
세상이 바람 불고 춥고 어둡다 해도
사람이 사는 마을
가장 낮은 곳으로
따뜻한 함박눈이 되어 내리자
우리가 눈발이라면
잠 못 든 이의 창문가에는
편지가 되고
그이의 깊고 붉은 상처 위에 돋는
새 살이 되자

 생각의 마중물

이 시에서 시인은 어떤 삶을 살아가자고 우리에게 권유하고 있을까?

서시

윤동주

죽는 날까지 하늘을 우러러
한 점 부끄럼이 없기를,
잎새에 이는 바람에도
나는 괴로워했다.
별을 노래하는 마음으로
모든 죽어가는 것을 사랑해야지
그리고 나한테 주어진 길을
걸어가야겠다.

오늘 밤에도 별이 바람에 스치운다.

서시(序詩) 시집 전체를 대표하는 시이자, 삶의 자세를 압축적으로 보여주는 시를 일컫는다.

'나(화자)'의 소망은 죽는 날까지 하늘을 우러러 한 점 부끄럼이 없는 것. 그런데 그 소망, 참 얼마나 이루기 어려운 것일까.

하늘을 우러르면 부끄러운 것들이 너무 많아 차마 고개를 들 수가 없는 것이 보통의 우리들인데. '나'는 한 점의 부끄럼도 없는 순결하고 정결한 삶을 살기를 원하고 있네. 이렇게도 고운 영혼을 지닌 '나'는 그래서 잎새에 이는 바람처럼 아주 조그마한 양심의 거리낌에도 많이 괴로워하고 자책하는가 봐. 끊임없이 자기를 성찰하고 돌아보면서 제대로 삶을 살기 위해 노력하고 있는 사람이지.

무수한 잘못을 매일매일 저지르면서도 하늘 무서운 줄 모르고 사는 사람들도 참 많은 이 시대. 이런 성찰의 마음은 얼마나 소중하고 긴요한 것인지.

그리고 '나'는 다짐하지. 별을 노래하는 마음으로 모든 죽어가는 것을 사랑해야겠다고. 그리고 주어진 길을 걸어가야겠다고. 어찌 보면 성직자의 기도 같기도 한 이 결연하고 순결한 맹세 앞에 잠시 숨이 멈추어진다. '이 사람, 어쩌면 이렇게도 맑고 아름다운 마음을 가졌는가.' 하고 말이야.

'나'의 가냘프고 여린 이 맹세는 하늘의 작은 별처럼 깜빡깜빡 위태롭게 떠 있고, 그 별을 바람이 자꾸만 자꾸만 흔들고 지나가고 있어. 아, 힘겨워. 하지만 포기하지 않으리. '나'는 다시 한 번 '나'의 길을 향해 굳고 맑은 시선을 던지며 이렇게 중얼거리기도 했으리라.

스스로를 돌아보지 않는 이는 자기도 모르게 어느 순간 괴물이 되고 만단다. 일제 식민지 시대에 많은 사람들이 희망을 잃고 일제의 편으로 돌아선 것은 스스로를 돌아보지 않았기 때문이기도 해.

윤동주 시인이 〈별〉처럼 그 어두운 시대에서 반짝반짝 우리를 향해 손을 흔들어주고 있어. '자, 너희도 높다란 담장 위를 걷는 것처럼 위태롭지만, 내가 걸어간 길을 따라 오는 거야. 어때, 할 수 있겠니?' 라며 말이야.

눈 감고 간다

윤동주

태양을 사모하는 아이들아
별을 사랑하는 아이들아

밤이 어두웠는데
눈감고 가거라.

가진 바 씨앗을
뿌리면서 가거라.

발부리에 돌이 채이거든
감았던 눈을 와짝 떠라.

와짝 기운이나 기세가 갑자기 커지는 모양.

태양을 사모하고 별을 사랑하는 아이들에겐 참으로 어려운 시간, 어두운 밤의 시간이야. 그런 때에는 오히려 눈을 감고 가는 것이 더 밤길을 잘 갈 수 있는 방법인지도 모르겠네. 삶의 어두운 순간들을 잘 견디어 가라고. 하지만 그렇게 걸어가면서도 제가 가진 씨앗들은 뿌리면서 가야 하는 법이라고, 그러다가 발부리에 돌이라도 채이거든 그때는 눈을 와짝 떠야 하는 법이라고, 시는 그렇게 말하고 있어.

혹 어두운 밤길을 걷고 있다면, 애들아. 그래도 단단한 마음, 씨를 뿌리는 마음으로, 가만가만 그 어둠을 헤쳐 가는 거야. 누구의 마음 안에나 태양과 별을 사랑하는 맑은 열망이 들어 있는 것. 그 열망이 어둠의 길을 걷는 우리들을 도와, 반짝 마음의 눈을 틔워 줄 테니까.

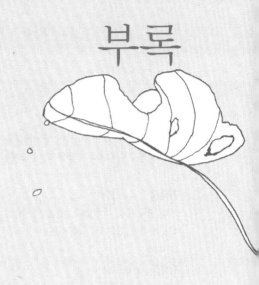

부록

권대웅 1962~

서울에서 태어났다. 1988년 「조선일보」 신춘문예에 시가 당선되어 등단하였다. 시집 『당나귀의 꿈』, 『돼지 저금통 속의 부처님』, 『조금 쓸쓸했던 생의 한 때』 등이 있다.

권태응 1918~1951

충북 충주에서 태어났다. 일본 와세다 대학에서 공부했고, 1948년 동요집 『감자꽃』을 펴냈다. 작품집으로 『귀뚜라미와 나와』, 『또랑물』 등이 있다.

기형도 1960~1989

경기도 연평도에서 태어났다. 연세대학교 정치외교학과를 졸업하고, 1985년 「중앙일보」 신춘문예에 〈안개〉가 당선되어 등단하였다. 요절한 뒤에 시집 『입 속의 검은 잎』, 『기형도 전집』 등이 발간되었다.

김광규 1941~

시인이자 독문학자이다. 서울에서 태어났다. 서울대 독문학과를 졸업하고 동 대학원에서 박사 학위를 받았다. 1975년 「문학과지성」에 〈유문〉, 〈영산〉 등의 시를 발표해 등단했다. 시집으로 『우리를 적시는 마지막 꿈』, 『아니다 그렇지 않다』, 『아니리』 등이 있다.

김광섭 1906~1977

시인으로 함북 경성 출생이다. 일본 와세다 대학 영문과를 졸업했다. 순문학 동인지 「해외문학」과 「문예월간」 동인으로 작품 활동을 시작했다. 식민지 시대의 지성인의 고뇌와 민족의식 짙은 작품을 썼다. 『성북동 비둘기』, 『동경』 등의 저서가 있다.

김기림 1908~?

시인이자 문학평론가이다. 1933년 구인회에 가담했다. 주지주의에 근거한 모더니즘의 새로운 경향을 소개했다. 광복 후 '조선문학가동맹'에 가담하여 정치주의적인 시를 주장한다. 6·25전쟁 때 납북된다. 시집으로 『기상도』, 『태양의 풍속』 등이 있다.

김기택 1957~
시인으로 경기도 안양에서 태어났다. 중앙대 영문과를 졸업하고, 경희대학원에서 국문학 박사 학위를 받았다. 「한국일보」 신춘문예에 시 〈가뭄〉, 〈꼽추〉가 당선되며 등단했다. 시집으로 『태아의 잠』, 『소』, 『껌』과 동시집 『방귀』 등이 있다.

김소월 1902~1934
평안북도 구성에서 태어났다. 오산학교와 배재고보 졸업했다. 1920년 「창조」에 시를 발표하며 본격적인 작품 활동을 시작했다. 짧은 생애를 보내며 슬픔, 외로움, 한(恨) 등을 섬세하게 노래한 민요조의 시를 주로 썼다. 시집으로 『진달래꽃』이 있다.

김억 1896~?
평안북도 정주에서 태어났다. 일본 게이오 의숙에서 공부하였으며, 「학지광」에 시를 발표하며 작품 활동을 시작했다. 최초의 번역 시집 『오뇌의 무도』와 시집 『해파리의 노래』 등을 펴냈다.

김영랑 1903~1950
전남 강진에서 태어났다. 『시문학』 동인으로 활동하였다. 잘 다듬어진 언어로 섬세하고 영롱한 서정을 노래하며 순수 서정시의 새로운 경지를 개척하였다. 시집으로 『영랑시집』이 있다.

김용택 1948~
시인이며, 전북 임실에서 태어났다. 순창농림고를 졸업했다. 1982년 『21인 신작 시집』에 시를 발표하며 작품 활동을 시작했다. 자연과 더불어 소박하고 정직하게 사는 고향 이웃들의 모습을 시로 써 왔다. 시집 『섬진강』, 『맑은 날』, 『강 같은 세월』, 『그 여자네 집』 등이 있다.

김종삼 1921~1984
시인이며, 황해도 은율 출생했다. 일본 도요시마 상업학교 졸업했다. 1951년 『현대예술』에 시를 발표하며 작품 활동을 시작했다. 과감한 생략, 절제된 언어로 여백의 미를 살린 시를 썼다. 시집으로 『십이음계』, 『시인학교』, 『북 치는 소년』, 『누군가 나에게 물었다』 등이 있다.

김준태 1948~

시인이자 소설가이다. 전남 해남에서 태어나 조선대 독문학과를 졸업했다. 1969년 문예지 『시인』으로 등단했다. 시집으로 『참깨를 털면서』, 『나는 하느님을 보았다』, 『국밥과 희망』, 『아아 광주여』, 『영원한 청춘의 도시여』, 『칼과 흙』, 『꽃이, 이제 지상과 하늘을』 등이 있다.

나희덕 1966~

시인으로 충남 논산에서 태어났다. 연세대 국문과와 동 대학원을 졸업했다. 1989년 중앙일보 신춘문예에 「뿌리에게」가 당선되어 작품 활동을 시작했다. 시집으로 『뿌리에게』, 『그 말이 잎을 물들였다』, 『그곳이 멀지 않다』, 『어두워진다는 것』, 『사라진 손바닥』, 『야생 사과』 등이 있다.

도종환 1954~

시인으로 충북 청주에서 태어났다. 충북대 국어교육과를 졸업하고 교사로 일한다. 1984년 동인지 『분단시대』에 시를 발표하며 작품 활동을 시작했다. 시집으로 『고두미 마을에서』, 『접시꽃 당신』, 『지금 비록 너희 곁을 떠나지만』, 『당신은 누구십니까』 등이 있다.

문정희 1947~

시인으로 전남 보성에서 태어나 서울에서 성장했다. 동국대 국문학과의 동 대학원을 졸업한다. 진명 여고 재학 중 첫 시집 『꽃숨』을 발간하고 1969년 「월간문학」 신인상에 시가 당선되어 본격적인 시작 활동을 편다. 시집으로 『문정희 시집』, 『새떼』, 『혼자 무너지는 종소리』, 『찔레』, 『모든 사랑은 첫사랑이다』, 『남자를 위하여』 등이 있다.

박경용 1940~

경북 포항에서 태어났다. 1958년 「동아일보」와 「한국일보」 신춘문예로 등단하였다. 『어른에겐 어려운 시』, 『그날 그 아침』 등의 시집이 있다.

박두순 1950~

경북 봉화에서 태어났다. 대구교육대학을 졸업하였고, 1977년 「아동문예」에 동시가 추천되어 작품 활동을 시작하였다. 동시집 『풀잎과 이슬의 노래』, 『마른 나무 입술에 흐르는 노래』, 『나도 별이다』 등이 있다.

박두진 1916~1998
경기도 안성에서 태어났다. 1939년 정지용의 추천으로 문예지 「문장」을 통해 등단했다. 박목월, 조지훈과 함께 3인 합동시집 「청록집」을 간행한 뒤 첫 개인 시집 「해」를 출간하였다. 이후 「오도」, 「거미와 성좌」, 「고산식물」 등의 시집을 펴냈다.

박성룡 1932~2002
전남 해남에서 태어났다. 중앙대 영문과에서 수학하였으며, 1956년 「문학예술」에 〈화병전경〉 등이 추천되면서 작품 활동을 시작하였다. 시집으로 「가을에 잃어버린 것들」, 「춘하추동」, 「동백꽃」 등이 있다.

박용래 1925~1980
시인으로 충남 부여에서 태어났다. 강경상고를 졸업하고 은행원과 교사 등의 일을 했다. 1955년 「현대문학」에 시가 추천되어 등단했다. 향토적인 정서와 아름다움을 절제된 언어와 이미지로 간결하게 표현했다. 시집 「싸락눈」, 「강아지풀」, 「백발의 꽃대궁」, 시전집 「먼 바다」 등이 있다.

복효근 1962~
시인으로 전북 남원에서 태어났다. 전북대 국어교육과를 졸업하고, 1991년 계간 시전문지 「시와시학」으로 활동을 시작했다. 시집으로 「당신이 슬플 때 나는 사랑한다」, 「버마재비 사랑」, 「새에 대한 반성문」, 「누우 떼가 강을 건너는 법」 등과 시선집 「어느 대나무의 고백」 등이 있다.

손택수 1970~
시인으로 전남 담양에서 태어났다. 경남대 국문학과를 졸업하고 「한국일보」 신춘문예에 시 〈언덕 위의 붉은 벽돌집〉이 당선되어 작품 활동을 시작했다. 시집으로 「호랑이 발자국」, 「목련전차」, 「꽃이 지고 있으니 조용히 좀 해 주세요」 등이 있다.

신경림 1935~
시인으로 충북 충주에서 태어났다. 동국대 영문과를 졸업하고, 1956년 「문학예술」에 시가 추천되어 작품 활동을 시작했다. 시집 「농무」, 「새재」, 「달 넘세」, 「가난한 사랑노래」, 「길」, 「쓰러진 자의 꿈」, 「어머니와 할머니의 실루엣」, 「뿔」 등이 있다.

심훈 1901~1936
시인이자 소설가, 영화인이다. 본명은 심대섭, 호는 해풍(海風), 서울에서 태어났다. 동아일보사에 입사하여 기자 생활을 하면서 시와 소설을 쓰기 시작했다. 대표 시집으로 『그날이 오면』이 있다.

안도현 1961~
시인으로 경북 예천에서 태어났다. 원광대 국문과를 졸업했다. 1984년 『동아일보』 신춘문예로 등단했다. 시집 『서울로 가는 전봉준』, 『모닥불』, 『외롭고 높고 쓸쓸한』, 『그리운 여우』, 『아무것도 아닌 것』에 대하여 등이 있다.

양정자 1944~
서울에서 태어났다. 서울대학교 영어교육과를 졸업하였으며, 1990년 〈아내 일기〉를 발표하며 작품 활동을 시작했다. 시집으로 『아이들의 풀잎 노래』, 『가장 쓸쓸한 일』 등이 있다.

오세영 1942~
전남 영광에서 태어났다. 서울대 국문과를 졸업하였으며, 1968년 『현대문학』에 시가 추천되어 등단하였다. 시집 『반란하는 빛』, 『가장 어두운 날 저녁에』, 『모순의 흙』 등이 있다.

오탁번 1943~
충북 제천에서 태어났다. 고려대 영문과를 졸업하였으며, 1967년 『중앙일보』 신춘문예에 시가 당선되어 작품 활동을 시작하였다. 시집으로 『아침의 예언』, 『겨우랑』, 『벙어리 잠갑』 등이 있다.

유병록 1982~
충북 옥천에서 태어났다. 고려대 국문과를 졸업하였으며, 2010년 『동아일보』 신춘문예에 당선되었다. 〈구두〉, 〈사과〉 등의 작품이 있다.

윤동주 1917~1945
시인으로 북간도 명동에서 태어났다. 연희전문 문과를 졸업하고, 일본 도시샤 대학 영문과 재학 중 항일 운동을 했다는 혐의로 체포되어 후쿠오카 형무소에서 복역하다가 1945년 2월 옥사한다. 해방 후 유고 시집 『하늘과 바람과 별과 시』가 간행된다.

윤부현 1927~1986

인천에서 태어났다. 건국대 국문과를 졸업하였으며, 1958년 「한국일보」 신춘문예로 등단하였다. 동시집 「바닷가 게들」, 「장다리 꽃밭」, 시집 「꽃과 여인과 과목」 등이 있다.

이면우 1951~

대전에서 태어났다. 첫 시집 「저 석양」을 펴내면서 작품 활동을 시작했다. 시집으로 「거미」, 「아무도 울지 않는 밤은 없다」, 「그 저녁은 두 번 오지 않는다」 등이 있다.

이병기 1891~1968

전북 익산에서 태어났다. 한성 사범학교를 졸업하였으며, 1921년 '조선어연구회' 창립에 가담하고 해방 후 서울대 교수를 지냈다. 1925년 「조선문단」에 시조를 발표하였다. 시집으로 「가람 시조집」, 「가람 문선」 등이 있다.

이성미 1967~

서울에서 태어났다. 이화여대 법학과를 졸업했으며, 2001년 「문학과사회」에 〈나는 쓴다〉 외 3편의 시를 발표하며 작품 활동을 시작했다. 시집 「너무 오래 머물렀을 때」가 있다.

이성복 1952~

경북 상주에서 태어났다. 서울대 불문과를 졸업했으며, 1977년 문예지 「문학과지성」에 시 〈정든 유곽에서〉를 발표하며 작품 활동을 시작했다. 시집으로 「뒹구는 돌은 언제 잠깨는가」, 「남해 금산」, 「호랑가시나무의 기억」 등이 있다.

이시영 1949~

전남 구례에서 태어났다. 서라벌예술대 문예창작과를 졸업했고, 1969년 「중앙일보」 신춘문예로 등단하여 작품 활동을 시작했다. 시집 「만월」, 「바람 속으로」, 「사이」, 「은빛 호각」 등이 있다.

이용악 1904~1971

시인으로 함북 경성에서 태어났다. 일본 조치 대학 신문학과를 졸업했다. 1935년 「신인문학」에 시를 발표하며 작품 활동을 시작했다. 해방 직후 조선문학가동맹에 가담하여 활동하다 6·25전쟁 중에 월북했다. 시집으로 「분수령」, 「낡은 집」, 「오랑캐꽃」 등이 있다.

이장희 1900~1929

대구에서 태어났다. 일본 교토 중학교를 졸업했으며, 1924년 「금성」에 시를 발표하며 작품 활동을 시작했다. 백기만이 엮은 『상화와 고월』에 유고시 〈봄은 고양이로다〉 외 10편이 실려 있다.

이호우 1912~1970

경북 청도에서 태어났다. 일본 도쿄 예술대학을 중퇴했으며, 1940년 「문장」에 시조 〈달밤〉이 추천되어 작품 활동을 시작했다. 시조집으로 『이호우 시조집』, 『휴화산』 등이 있다.

임길택 1952~1997

전남 무안에서 태어났다. 목포교육대학을 졸업하고 강원도 산마을과 탄광마을에서 오랫동안 교사 생활을 했다. 지은 책으로는 동시집 『탄광마을 아이들』, 『할아버지 요강』, 『나 혼자 자라겠어요』, 동화집 『산골 마을 아이들』, 『느릅골 아이들』 등이 있다.

장만영 1914~1975

황해도 연백에서 태어났다. 일본 도쿄에 있는 미자키영어학교를 중퇴했으며, 1932년 「동광」에 〈봄노래〉가 게재되면서 작품 활동을 시작했다. 시집으로 『양』, 『축제』, 『밤의 서정』 등이 있다.

정일근 1958~

경남 진해에서 태어났다. 1984년 「실천문학」에 시를 발표하고 1985년 「한국일보」 신춘문예에 시가 당선되어 작품 활동을 시작했다. 시집 『바다가 보이는 교실』, 『경주 남산』 등이 있다.

정지용 1902~1950

시인으로 충북 옥천에서 태어났다. 일본 도지샤 대학 영문과 졸업했다. 1926 「학조」에 시를 발표하며 작품 활동을 시작했다. 초기에는 섬세하고 감각적인 시어와 선명한 이미지를 구사하다가, 뒤에는 동양적인 관조와 고독의 세계를 주로 다룬다. 시집 『정지용 시집』, 『백록담』 등이 있다.

정현종 1939~

서울에서 태어났다. 연세대 철학과를 졸업하였고, 1964년 「현대문학」에 추천을 받아 작품 활동을 시작하였다. 첫 시집 『사물의 꿈』 이후 『나는 별아저씨』, 『견딜 수 없네』, 『고통의 축제』 등을 펴냈다.

정호승

경남 하동에서 태어났다. 경희대 국문학과와 동 대학원 졸업했다. 1973년 「대한일보」 신춘문예에 시가 당선되고, 1982년 「조선일보」 신춘문예에 소설이 당선되어 작품 활동을 시작했다. 시집으로 『슬픔이 기쁨에게』, 『서울의 예수』, 『별들은 따뜻하다』, 『눈물이 나면 기차를 타라』, 『풀잎에도 상처가 있다』, 『포옹』 등이 있다.

피천득 1910~2007

서울에서 태어났다. 중국 후장대학에서 영문학을 전공하였으며, 1930년 「신동아」에 시를 발표하면서 작품 활동을 시작했다. 시집 『서정시집』, 『금아 시문선』, 수필집 『인연』 등이 있다.

황동규 1938~

서울 출생으로 서울대학교 영문과를 나왔으며, 동 대학원을 졸업했다. 「현대문학」에 추천을 받아 등단했다. 「사계」 동인으로 활동 하였으며, 시집으로 『삼남에 내리는 눈』, 『풍장』 등이 있다.

황상순 1954~

강원도 평창에서 태어났다. 1999년 「시문학」으로 등단하였으며, 시집으로 『어름치 사랑』, 『사과벌레의 여행』, 『농담』 등이 있다.

황인숙 1958~

서울에서 태어났다. 서울예대 문예창작과를 졸업했으며, 1984년 「경향신문」 신춘문예로 등단하였다. 시집 『새는 하늘을 자유롭게 풀어놓고』, 『슬픔이 나를 깨운다』, 『자명한 산책』 등이 있다.

지은이	작품명	교과서(국어, 생활국어)학기
권대웅	햇빛이 말을 걸다	천재(박)1
권태응	감자꽃	금성(윤)1, 새롬(권)1, 창비(김) 생국1, 천재(박)2
권태응	달팽이	비상(조)1
기형도	엄마 걱정	교학사(김)1, 교학사(남)1, 금성(윤)1, 대교(왕) 생국1, 두산(우)2, 디딤돌(이) 생국2, 미래엔(윤)2, 박영사(송), 천재(노)1
김광규	초록색 속도	대교(왕)1
김광섭	저녁에	교학사(김)1, 교학사(남)1, 교학사(남) 생국2, 금성(윤) 생국1, 대교(왕)2, 유웨이(이)1, 지학사(방)1
김기림	향수	디딤돌(김) 생국1, 천재(김)1
김기택	웃음에 바퀴가 달렸나 봐	새롬(권)1
김소월	산유화	해냄(오)2
김소월	가는 길	디딤돌(이)2, 박영사(송)2, 좋은책(이) 생국1
김소월	엄마야 누나야	교학사(김)1, 교학사(남)1, 금성(윤)1, 대교(박) 생국2, 대교(왕)2, 두산(우) 생국1, 디딤돌(김)1, 미래엔(이)1, 박영사(송) 생국2, 새롬(권)1, 지학사(방)1, 천재(박)2, 웅진(이) 생국2
김소월	풀따기	지학사(이)1, 두산(우)1
김억	연분홍 송이송이	두산(우)1, 비상(조)2, 새롬(권)1, 천재(김)1
김영랑	돌담에 속삭이는 햇발	교학사(김)1, 교학사(남)1, 디딤돌(이)1, 미래엔(이) 생국1, 박영사(송)2, 새롬(권) 생국1, 좋은책(이) 생국1, 지학사(방) 생국1, 천재(노) 생국1, 천재(박)1, 유웨이(이)2
김용택	이 바쁜 때 웬 설사	금성(윤) 생국1, 웅진(이)1, 창비(김)2
김용택	콩, 너는 죽었다	디딤돌(이) 생국2, 대교(박) 생국1, 천재(박) 생국2
김종삼	새	교과서 미수록 작품

지은이	작품명	교과서(국어, 생활국어)학기
김종삼	장편2	창비(김)2
김준태	콩알 하나	교학사(남)1
나희덕	귀뚜라미	금성(윤) 생국1
도종환	흔들리며 피는 꽃	대교(박)2, 대교(왕) 생국1
도종환	종례시간	디딤돌(이)2
문정희	꽃 한 송이	좋은책(이)1
박경용	귤 한 개	대교(박)2
박두순	처음 안 일	천재(노)1
박두진	하늘	대교(박)2, 두산(우)2, 웅진(이)2, 유웨이(이)1
박두진	해	교학사(남)2, 금성(윤) 생국1, 새롬(권) 생국1, 지학사(방)1, 지학사(이)2, 천재(김)2
박성룡	풀잎	교학사(김)2, 교학사(남) 생국2, 미래엔(이)1, 웅진(이) 생국2
박용래	겨울밤	비상(조)2, 새롬(권) 생국1
복효근	토란잎에 궁그는 물방울같이는	디딤돌(이) 생국1, 새롬(권)1
배한권	엄마의 런닝구	대교(박) 생국1
손택수	흰둥이 생각	천재(노) 생국1
신경림	동해 바다	금성(윤) 생국1, 웅진(이) 생국2
심훈	그날이 오면	박영사(송) 생국2 , 비상(조)2, 새롬(권) 생국2
심훈	옥중에서 어머니께 올리는 글월	새롬(권) 생국2, 대교(박)2, 미래엔(윤) 생국1, 비상(조)2
안도현	우리가 눈발이라면	금성(윤)1
안도현	제비꽃에 대하여	대교(왕) 생국2, 창비(김)1
안도현	살구꽃 지는 날	지학사(이)2

지은이	작품명	교과서(국어, 생활국어)학기
안도현	연탄 한 장	대교(박)2, 비상(조)2, 새롬(권) 생국1
안도현	철길	해냄(오)2
양정자	가을 소녀들	웅진(이)2
오세영	3월	좋은책(이)1
오탁번	밤	미래엔(이)1
유병록	식구	웅진(이) 생국1
윤동주	눈 감고 간다	대교(왕) 생국2
윤동주	만돌이	박영사(송)1, 천재(김)2
윤동주	서시	금성(윤)1 , 창비(김) 생국1
윤동주	햇빛·바람	비상(조)1
윤부현	바다	지학사(이)1
이면우	봄밤	창비(김) 생국1
이병기	별	천재(노)1, 디딤돌(김) 생국1, 디딤돌(이)1, 미래엔(이)1, 대교(박)2, 대교(왕) 생국2, 두산(우)1
이성미	벼락	지학사(이)2
이성복	느낌	창비(김) 생국1
이시영	마음의 고향4-가지 않은 길	창비(김)1
이시영	무지개	지학사(이)1
이시영	성장	좋은책(이)1
이용악	꽃가루 속에	유웨이(이)1
이장희	봄은 고양이로다	지학사(방)1
이호우	개화	두산(우) 생국1, 미래엔(이)1, 비상(조)2, 비상(조) 생국2, 유웨이(이)1
임길택	엄마 무릎	금성(윤)1
임길택	저녁 한때	교과서 미수록 작품
장만영	달·포도·잎사귀	웅진(이) 생국2
정일근	바다가 보이는 교실	웅진(이) 생국1

지은이	작품명	교과서(국어, 생활국어)학기
정일근	처음의 아름다움	웅진(이) 생국1
정지용	말	미래엔(이)2
정현종	깊은 흙	두산(우) 생국1
정현종	떨어져도 튀는 공처럼	지학사(이) 생국1
정호승	내가 사랑하는 사람	박영사(송)2
정호승	풀잎에도 상처가 있다	교학사(남)1
피천득	기다림	디딤돌(이) 생국2
황동규	나는 바퀴를 보면 굴리고 싶어진다	교과서 미수록 작품
황상순	달 내놓아라 달 내놓아라	디딤돌(이) 생국1
황인숙	말의 힘	유웨이(이) 생국1, 천재(박)1
황인숙	비	지학사(방)1, 천재(노) 생국1
작자 미상	나무 노래	두산(우) 생국2, 디딤돌(김) 생국2, 디딤돌(이)1, 미래엔(윤)2, 미래엔(이) 생국2, 비상(조)2, 웅진(이) 생국2, 천재(박)2, 해냄(오)2
작자 미상	자장 노래	대교(박) 생국2, 천재(김)1

일러두기

1. 『생활국어』는 '생국'으로 표기했고, 나머지 『국어』는 표기를 생략함.
2. 1학년은 표기 없이 학기만 1, 2로 표기함.
3. 아래와 같이 23종 교과서와 대표 집필자를 줄여서 표기함.

교학사(김형철): 교학사(김)	교학사(남미영): 교학사(남)
금성(윤희원): 금성(윤)	대교(박경신): 대교(박)
대교(왕용문): 대교(왕)	두산(우한용): 두산(우)
디딤돌(김종철): 디딤돌(김)	디딤돌(이삼형): 디딤돌(이)
미래엔컬처그룹(윤여탁): 미래엔(윤)	미래엔컬처그룹(이남호): 미래엔(이)
박영사(송하춘): 박영사(송)	비유와상징(조동길): 비상(조)
새롬교육(권영민): 새롬(권)	웅진(이충우): 웅진(이)
유웨이중앙(이숙): 유웨이(이)	좋은책신사고(이승원): 좋은책(이)
지학사(방민호): 지학사(방민호)	지학사(이용남): 지학사(이)
창비(김상욱): 창비(김)	천재교육(김대행): 천재(김)
천재교육(박영목): 천재(박)	천재교육(노미숙): 천재(노)
해냄에듀(오세영): 해냄(오)	

작 품 출 처

작가	작품명	수록도서	출판사	연도
권대웅	햇빛이 말을 걸다	조금 쓸쓸했던 생의 한때	문학동네	2003
권태응	감자꽃	감자꽃	창작과 비평사	1995
권태응	달팽이	감자꽃	창작과 비평사	1995
기형도	엄마 걱정	입 속의 검은 잎	문학과 지성사	1989
김광규	초록색 속도	처음 만나던 때	문학과 지성사	2003
김광섭	저녁에	성북동 비둘기	범우사	1969
김기림	향수	길	깊은샘	1992
김기택	웃음에 바퀴가 달렸나 봐	방귀	비룡소	2007
김소월	산유화	진달래꽃	매문사	1925
김소월	가는 길	진달래꽃	매문사	1925
김소월	엄마야 누나야	진달래꽃	매문사	1925
김소월	풀따기	진달래꽃	매문사	1925
김억	연분홍 송이송이	안서 김억 전집	한국문화사	1987
김영랑	돌담에 속삭이는 햇발	영랑 시집	시문학사	1935
김용택	이 바쁜 때 웬 설사	강 같은 세월	창작과 비평사	1995
김용택	콩, 너는 죽었다	콩, 너는 죽었다	실천문학사	1998
김종삼	새	누군가 나에게 물었다	민음사	1982
김종삼	장편2	시인학교	신현실사	1977
김준태	콩알 하나	아아, 광주여 영원한 청춘의 도시여(실천문학의 시집51)	실천문학사	

작가	작품명	수록도서	출판사	연도
나희덕	귀뚜라미	그 말이 잎을 물들였다	창비	1994
도종환	흔들리며 피는 꽃	사람의 마을에 꽃이 진다	문학동네	1994
도종환	종례 시간	슬픔의 뿌리	실천문학사	2002
문정희	꽃 한 송이	남자를 위하여	민음사	1996
박경용	귤 한 개	귤 한 개	아동문예사	2005
박두순	처음 안 일	6학년 동시 읽기	깊은책속옹달샘	2005
박두진	하늘	해	청민사	1949
박두진	해	해	청민사	1949
박성룡	풀잎	고향은 땅끝	문학세계사	1991
박용래	겨울밤	강아지풀	민음사	1995
복효근	토란잎에 궁그는 물방울같이는	새에 대한 반성문	시와시학사	2000
배한권	엄마의 런닝구	엄마의 런닝구 (한국글쓰기교육연구회)	보리	1995
손택수	흰둥이 생각	나무의 수사학	실천문학사	2010
신경림	동해 바다	길	창작과 비평사	1990
심훈	그날이 오면	그날이 오면	한성도서 주식회사	1949
심훈	옥중에서 어머니께 올리는 글월	그날이 오면	한성도서 주식회사	1949
안도현	우리가 눈발이라면	그대에게 가고 싶다	푸른숲	1991
안도현	제비꽃에 대하여	그리운 여우	창작과 비평사	1997

작가	작품명	수록도서	출판사	연도
안도현	살구꽃 지는 날	나무 잎사귀 뒤쪽 마을	실천문학사	2007
안도현	연탄 한 장	외롭고 높고 쓸쓸한	문학동네	1994
안도현	철길	그대에게 가고 싶다	푸른숲	1991
양정자	가을 소녀들	아이들의 풀잎노래	창작과 비평사	1993
오세영	3월	불 타는 물	문학사상사	1988
오탁번	밤	손님	황금알	2006
유병록	식구	국어시간에 시읽기2	나라말	2008
윤동주	눈 감고 간다	윤동주전집	문학과 지성사	2004
윤동주	만돌이	윤동주전집	문학과 지성사	2004
윤동주	서시	별 헤는 밤	민음사	2008
윤동주	햇빛·바람	하늘과 바람과 별과 시	정음사	1976
윤부현	바다	저학년을 위한 동요동시집	상서각	2008
이면우	봄밤	아무도 울지 않는 밤은 없다	창비	2004
이병기	별	가람시조선	정음사	1973
이성미	벼락	너무 오래 머물렀을 때	문학과 지성사	2005
이성복	느낌	그 여름의 끝	문학과 지성사	2000
이시영	마음의 고향4 −가지 않은 길	무늬	문학과 지성사	1994
이시영	무지개	사이	창 작 과 비 평사	1996
이시영	성장	은빛 호각	창비	2003
이용악	꽃가루 속에	오랑캐꽃	아문각	1947
이장희	봄은 고양이로다	한국현대시	살림	2006

작가	작품명	수록도서	출판사	연도
이호우	개화	이호우 시조집	영웅출판사	1955
		개화	태학사	2001
임길택	엄마 무릎	할아버지 요강	보리	1995
임길택	저녁 한때	할아버지 요강	보리	1995
장만영	달·포도·잎사귀	놀따라 등불따라	경운출판사	1988
정일근	바다가 보이는 교실	바다가 보이는 교실	창작과 비평사	1987
정일근	처음의 아름다움	http://www.ulsan21.com	창해	
정지용	말	정지용 시집	시문학사	1934
정현종	깊은 흙	정현종 시전집	문학과 지성사	1999
정현종	떨어져도 튀는 공처럼	떨어져도 튀는 공처럼	문학과 지성사	1993
정호승	내가 사랑하는 사람	내가 사랑하는 사람	열림원	2003
정호승	풀잎에도 상처가 있다	풀잎에도 상처가 있다	열림원	2002
피천득	기다림	피천득 시집	범우사	1987
황동규	나는 바퀴를 보면 굴리고 싶어진다	나는 바퀴를 보면 굴리고 싶어진다	문학과 지성사	1978
황상순	달 내놓아라 달 내놓아라	사과벌레의 여행	문학 아카데미	2003
황인숙	말의 힘	나의 침울한 소중한 이여	문학과 지성사	1998
황인숙	비	나의 침울한, 소중한 이여	문학과 지성사	1998
작자미상	나무 노래	전래 민요		
작자미상	자장 노래	전래 민요		